나의
안부를

나에게
물었다

나의 안부를 나에게 물었다

1판1쇄 펴냄 2017년 9월 20일

지은이 강남구

펴낸이 김경태
편집 홍경화 김은영 전민영 성준근 | **디자인** 박정영 | **마케팅** 곽근호 윤지원
펴낸곳 (주)출판사 클
출판등록 2012년 1월 5일 제311-2012-02호
주소 03385 서울시 은평구 연서로26길 25-6
전화 070-4176-4680 | 팩스 02-354-4680 | 이메일 bookkl@bookkl.com

ISBN 979-11-85502-86-1 03810

이 도서의 국립중앙도서관 출판예정도서목록(CIP)은 서지정보유통지원시스템 홈페이지(http://seoji.nl.go.kr)와 국가자료공동목록시스템(http://www.nl.go.kr/kolisnet)에서 이용하실 수 있습니다.(CIP제어번호: CIP2017023010)

나의
안부를
나에게
물었다

강남구 지음

목차

2부

프롤로그

내가 어떻게 살아가길 바라니? 갑자기 떠난 아내에게 물었다. 사진 속 아내는 미소만 지었다. 그저 미안했다. 바쁘다며 결혼 이후 오붓한 여행 한 번 다녀온 적도 없었다. 아침에 일어나 힐끗 쳐다보고, 퇴근을 하면 잠을 자는 모습으로 하루하루를 접어버렸던 시간들. 습관처럼 만나고 관성에 따라 상대를 대했던 결혼생활. 오히려 아내가 떠나고 나니 난 아내와 더 많은 대화를 하고 싶었다.

아이를 부탁해. 마음속 아내는 그렇게 나에게 대답을 했다. 아이 곁에 남아 엄마의 빈자리를 채워달라는 간청의 목소리. 아내는 먼저 떠나 미안하다는 말도 덧붙였을 테다. 아이를 보며 웃고, 잠을 잘 때면 손으로 아이를 쓰다듬으며 행복한 미소를 짓던 아내. 아이는 아내에게 인생의 전부였고 삶의 이유였다. 얼 그롤먼이란 심리 상담가는 떠난 자를 위해 마음을 다하는 일은 그 사람의 의무와 권리를 대신 실천하는 일이라고 했다. 그 말을 오랫동안 마음에 품었다.

아내에게 평소에 들려주지 못했던 말, 그리고 앞으로 아내에게 하고 싶었던 다짐의 말. 그 말들을 모아 『지금 꼭 안아줄 것』이란 제목으로 책 한 권을 출간했다. 책을 쓰는 게 아니라 편지를 쓰는 마음으로, 그 편지를 읽을 아내의 모습을 떠올리며 마음 속 감정을 하얀 종이에 옮겨놓았다. 돈과 명예도 좋지만, 지금 꼭 안아줄 시간을 유예하지 않겠다는 약속을 글자로 꾹꾹 눌러 적었다.

아이를 안아줄 시간을 위해 모든 걸 내려놓기로 했다. 내 이름 앞에 붙었던 기자란 수식어를 먼저 지웠다. 수식어 뒤에 붙은 이름도 내 일상 속에서 쓱싹 문질러버렸다. 직함과 이름이 남긴 빈자리에 대신 '아빠'란 이름을 새겨넣었다. 기자 생활을 하며 좇은 명예도, 저녁이면 고기를 굽던 냄새와도, 그리고 나를 불러주는 친구들과도 이별을 했다. 그저 아이만을 바라보고 아이의 목소리로 내 일상을 채웠다. '여보'란 말 대신 아이 이름을 불렀고, 아내 대신 아이와 마주 앉아 식사를 했다. 놀이터를 찾아 같이 그네도 타고 맨발로 뛰어 다니는 아이의 모습을 바라보았다.

아내가 떠난 지 꼭 5년. 그사이 아이는 어느덧 내 어깨까지 자랐다. 주변 사람들의 사랑과 관심을 받으며 아이는 불안한 마음을 덜어내면서 웃음을 되찾았다. 남부럽지 않은 학교 생활, 학교에선 친구들에게 인기가 많아 임원을 도맡아 하는 아이. 오히려 다른 사람들의 부러움을 살 만큼 아이는 예쁘고 씩씩하게 커갔다. 아이를 볼 때마다 '빨강머리 앤'이 생각이 날 만큼.

그래서 행복하니? 예쁘게 커가는 아이가 학교에 가고 혼자 남으면 문득 내 안부가 궁금해졌다. 5년 전엔 삶의 방향을 아내에게 물었지만 이제 대답을 해야 하는 건 아내도 아니었고 아이도 아닌, 바로 나였다. 노력하는 한 방황한다는 괴테의 말. 의심없이 걷기 시작한 길 위에서 잠시 멈춰서 물었다. 그래서 지금 행복하니? 그 말에 난 다시 흔들렸다.

1 부

1.
새벽 2시 반

알람 시계가 요란하게 울리더니 이어 휴대폰이 귀를 흔들어 깨웠다. 전날 밤 9시쯤 민호와 함께 잠자리에 들었으니, 그만큼 일찍 일어나야 했다. 아침 방송에 지각은 곧 사고니까. 그 불안감 때문에 짧은 수면 시간에도 한두 번씩 잠에서 깨 시계를 보았다. 집 안을 가득 채운 어둠 속에서 알람이 요란하게 울리면 화들짝 놀라 눈을 떴다. 시계를 보고 안심이었지만 가슴은 한동안 뛰었다. 그리고 이어진 혼잣말. 다행히 오늘도 지각은 면했구나. 새벽 2시 반이었다.

세면대 위로 떨어지는 물소리는 차분한 느낌을 준다. 눈을 감은 채 얼굴을 닦고 귀찮은 칫솔질을 대충 했다. 잠시라도 눈을 감고 있으면 그만큼만이라도 피로가 풀릴 것 같았다. 아빠는 방

송을 하기 위해 1년 넘게 이 시간에 일어났지만 일곱 살 민호는 단 한 번도 깬 적이 없다. 아빠가 자야 할 잠까지 대신 자겠다는 양 아이는 곤히 잠을 잤다. 꼭 다리 하나를 이불 밖으로 내놓고 웃옷은 배꼽 위로 올린 채 만세를 불렀다. 건넌방에서 주무시는 아버지야 민호처럼 집에 불이 나도 모를 만큼 깊이 잠이 들었고, 예민한 어머니까지도 새벽 2시 반에 울리는 알람 소리엔 잘 깨지 않았다.

이 시간에 일어나는 일은 내가 원해서였다. 아내의 장례를 치르고 1년 동안 육아휴직을 다녀온 뒤 찾아간 국장실. 국장은 희망 부서를 물어왔다.

"강남구, 어느 부서로 가고 싶어? 대표이사께서 네가 원하는 부서로 인사를 배려하라고 하시더라."

육아휴직을 보내준 회사는 인사에서 또 한 번 인정을 베풀었다. 으레 긴 휴식기간을 끝내고 온 직원들은 힘들고 고달픈 부서로 배치를 받을 거라고 예상을 하지만 회사는 오히려 더 편한 자리를 제안한 셈이었다. 아침 방송 진행을 맡고 싶다고 했다. 여전히 사건 현장을 다니며 기사를 챙기기보다는 집에 두고 온 아이를 돌보고 싶은 마음이 더 컸다. 동료들에게 미안한 생각이 들다가도 아이 얼굴이 떠오르면 퇴근길 발걸음은 가볍게 바뀌었다. 과거엔 기자 생활이 삶의 전부였는데 이제는 아이가 내 삶의

전부가 돼버렸다.

차에 올라 먼저 24시간 뉴스 방송이 나오는 라디오를 켰다. 새벽 3시는 집 풍경과 도시 풍경을 갈라놓았다. 집이 있는 과천은 가로등마저 잠들게 할 만큼 어둠이 곳곳에 스며들었지만, 남태령을 넘어 서울로 들어서는 사당 전철역 주변엔 취객을 태우기 위한 택시들이 줄지어 섰다. 피식 웃음이 나왔다. 불과 2년여 전만 해도 내가 저 취객들 가운데 한 사람이었는데, 늦은 귀가 시간에 오히려 출근을 하는 나 자신이 낯설었다.

텅 빈 도로를 가로질러 회사에 도착하면 주차장도 텅 비어 있기는 마찬가지였다. 밤새 불이 켜져 있던 보도국만 환했다. 목에 걸린 기자증을 보도국으로 들어가는 입구에 가져다 댔다. 보안이 해제되면서 문이 열리자 벽에 붙은 TV 모니터에서 뉴스를 진행하는 소리가 조용한 해변을 덮친 파도처럼 쏟아져 나왔다. 보도국 안에 들어섰을 때 불이 환하게 켜져 있으면 안심이었다. 그건 야근 기자가 밤새 열심히 취재를 했다는 증거였다. 그 불빛은 야근을 서며 억지로라도 잠을 쫓으려는 몸짓과 같았다. 새벽 시간 동료들이 고생하는 모습을 볼 때면 정작 기자에게 필요한 건 정신이라기보다는 체력이라는 생각이 들었다.

이상과 현실은 그렇게 달랐다. 칼로 사람 몸을 다루는 의사나, 각종 범죄인을 만나야 하는 검사나, 서로 억울하다고 싸우는 사람들을 지켜보는 판사나, 공부를 많이 해야 갖는 직업이 꼭 행복해 보이지만은 않았다. 피곤에 지쳐 책상에 몸을 기대어 쪽잠을 자는 동료들을 바라보며 내 자리로 향했다.

책상 위엔 편집부에서 작성한 아침 뉴스 구성표가 놓여 있었다. 그걸 읽는다는 건 본격적으로 업무를 시작한다는 뜻이었다. 기자들의 기사가 올려져 있는 프로그램을 열었다. 10초 안팎의 짧은 앵커 멘트였지만 글은 나를 드러낸다는 생각에 조사 하나까지 썼다 지웠다를 반복했다. 멘트를 다 작성하고 나면 새벽 4시 반. 원고를 뽑아 들고 분장실로 향했다.

"강 기자님, 이 색깔이 잘 어울리는데요."

어쩌다 칭찬을 들으면 다시 거울을 쳐다봤다. 나에게 관심을 주는 분장실 동료들의 목소리는 꽤 오랫동안 가슴에 남았다. 그럴 때는 아내가 떠올랐다. 평소에 아무렇게나 옷을 입고 다니면 다른 옷을 골라주거나 때로는 새 옷을 사왔다며 보는 앞에서 입어보라는 아내의 모습. 옷을 갈아입고 화장이 마무리되면, 이제 곧 방송 시간이었다.

뉴스룸에 앉아 원고를 들고 반복해서 읽었다.

"뉴스 시작 5분 전입니다."

뉴스 진행 PD가 귀에 꽂은 이어폰으로 시간을 알려왔다. 강 기자 굿모닝. 친한 카메라 감독 선배는 정면에서 나를 바라보면서 긴장을 풀어주었다. 뉴스 시작 1분 전이라는 말이 스튜디오에 울리면 뉴스룸 안에선 모두 숨을 죽인 채 주조정실의 사인을 기다렸다. 카메라 감독들은 커다란 렌즈를 통해 나를 바라봤고 나는 카메라에 비친 내 모습을 맞은편에 놓인 대형 모니터를 통해 바라봤다.

긴장이 앞서면 검은 카메라 렌즈에 웃고 있는 아내 얼굴을 그렸다.

'여보, 나야. 오늘도 아침 방송한다.'

아침마다 방송을 하기 직전 그렇게 떠난 아내와 대화를 했다. 어디선가 나를 보고 있을 것만 같았다. 때로는 바람으로, 때로는 햇살로 내려와 당신 없는 시간을 견뎌내는 나를 응원해줄 거라고 믿었다.

방송을 알리는 배경 음악이 스튜디오 전체에 울려퍼졌다. 카메라 위에 빨간 불이 들어왔다. 온 에어.

"시청자 여러분, 안녕하십니까. 첫 소식입니다."

마음속의 하나뿐인 시청자, 아내를 그렇게 매일 아침 뉴스 때마다 만났다.

아침 방송 진행을 맡으며 취미 하나가 생겼다. 방송을 마친 뒤 간부와 임원들의 출근 시간을 재는 일. 바깥 공기를 쐬기 위해 보도국 밖으로 나오면 텅 빈 주차장엔 차량이 하나씩 늘어나기 시작했다. 대표이사 운전기사는 7시가 조금 넘으면 주차장에서 차량 먼지를 털어내곤 했다. 그다음엔 국장의 차가 도착했다. 그리고 팀장, 그리고 일선 기자들 순이었다. 이른 아침 펼쳐진 출근 풍경을 보면서 언론사에선 승진을 해도 고생이라는 푸념을 가끔씩 했다.

"별일 없었어?"

국장이 출근을 하며 인사를 건넸다. 아침 방송을 마친 내게 그 말은 밤새 큰 사건이 없었는지를 확인하는 말이기도 했다. 사건 보고로 아침 인사를 대신하면서도 그게 서로에겐 너무나 당연했다.

팀장이 출근을 해도 인사말은 비슷했다. 가끔씩 어떤 팀장이 '안녕'이라고 말을 붙이더라도 그다음엔 '별일'을 물었다. 시험이 없다면 대한민국 학생은 행복할 것 같았고 사건이 없다면 대한민국 기자도 할 만한 직업이었다. 보도국 안에서 긴장은 곁에 있는 친구였다.

오전 10시 반. 각 부처에서 브리핑을 하고 한창 바쁠 시간에 나는 집으로 돌아갈 준비를 했다. 밤낮이 바뀐 생활은 피곤했지만 그만큼 자유로웠다. 새벽부터 전달받은 국제뉴스 모니터 보고서부터 치웠다. 널려 있는 신문도 제자리에 가져다놓았다. 남은 사람들을 위해 먼저 퇴근하는 자의 서비스였다. 음료수나 커피를 담았던 종이컵도 휴지통에 버렸다. 그러고 나면 귀가 인사만 남았다.

"저 먼저 퇴근할게요."

바로 옆에 앉은 팀장에게 조용히 귀가 인사를 하고 노트북을 덮었다. 걸음을 빨리 옮겼다. 그래도 미안했으니까.

집으로 돌아와 잠깐 낮잠을 자고 나서 민호가 내리는 버스 정류장 앞으로 나갔다. 그곳엔 아름드리나무들이 길을 따라 일렬로 줄지어 서 있었다. 그 초록 사이로 노란 버스가 보이면 곧 아이를 맞을 준비를 했다. 유치원 버스가 점점 커지면서 정류장 앞에 서자 문이 서서히 열렸다. 아이를 태운 버스는 이동하는 것도 문이 열리는 것도 느긋했다.

"아빠!"

아이는 나에게 지금부터 기자가 아닌 아빠여야 한다고 알리는 듯, 문이 열리는 동시에 큰 소리로 외쳤다. 민호는 유치원 버스에서 내릴 때 사뿐히 걸어내려오는 날이 거의 없었다. 발판 한두 개를 남겨놓고 낙하산을 펼친 뒤 착지하는 특전사처럼 두 발로 껑충 뛰어내렸다. 상륙한 민호는 그날 있었던 일들을 마치 세상에서 가장 신기하고 재미있는 이야기처럼 풀어놓았다.

"아빠, 유치원에서 내 별명이 뭔지 알아?"

"뭔데?"

"호랑이야."

"호랑이?"

"응, 친구들이 호랑이라고 불러."

아이 얼굴은 귀여운 고양이를 닮았다.

"왜 친구들이 호랑이래?"

아이는 깔깔대며 몇 번을 웃었다.

"아빠, 이런 말 몰라? 류현진~라면!"

"류현진라면?"

"강민호~랑이!"

TV에 나오는 라면 광고처럼 붙여진 자기 별명을 민호는 몇 번씩 부르며 좋아했다. 민호에게 호랑이란 별명은 오히려 기분을 으쓱하게 하는 듯했다.

"민호야, 그러면 아빠 별명은 뭐야?"

강남구란 이름을 40년 가까이 달고 살았던 탓에 이름이나 별명엔 오히려 무덤덤했다. 유년 시절부터 별다른 별명이 없었다. 친구들은 그저 내 이름을 크게 부르는 것만으로도 무척 즐거워했다. 하지만 아이는 어떤 생각을 할까.

"아빠 별명?"

아이가 잠깐 생각하더니 웃으며 대답했다.

"강남구~렁이."

말없이 아이를 바라봤다. 자기는 호랑이라고 좋아하더니, 아빠는 구렁이란다.

아이에게서 작은 유치원 가방을 받아들고 집으로 향했다. 아이와 길을 걸을 때는 시계를 일부러 쳐다보지 않으려고 했다. 서두를 필요도 없으니까 시간을 잴 이유가 없었다. 아이는 길을 가다가 혼자서 쪼그려 앉았다. 대개 개미들이 줄지어 가거나 비 온 다음날엔 지렁이가 꿈틀거리는 걸 아이는 조용히 바라봤다. 가다가 풀숲에서 자기 손톱만 한 자갈을 주워 나한테 쥐여주더니 잃어버리지 말라고 부탁을 하기도 했다. 누구와 함께 걷는지에 따라 길에서 보이는 풍경은 달랐는데 아이와 함께 걷는 길은 작은 생명들로 가득했다.

2.
퇴사

오전에 퇴근 준비를 할 무렵 보도국에서 큰 소리가 들려왔다.

"저거 뭐야!"

보도국에선 하루에도 몇 번씩 큰 소리가 났다. 대개 화를 내는 소리라기보다는 놀라는 소리였다. 소리를 지르는 사람은 몇몇으로 정해져 있었지만 소리의 크기는 그때그때마다 달랐다. 누구든 TV 모니터를 보다가 타사에서 속보가 뜨면 소리를 질러댔다. 그 소리는 일종의 신호였다. 우리가 아직 감지하지 못한 사건이 있다는 신호.

큰 소리를 들으면 먼저 두 가지를 판단했다. 먼저 타사 속보가 '오보'인지 아닌지를 따졌고, '오보'가 아니라면 '오버'인지 아닌지를 계산했다. 속보 경쟁을 하는 언론의 속성상 사실과 다른 뉴스를 빨리 전하기 위해 '오보'를 내는 경우도 적지 않았고, 작은 사건을 크게 부풀리며 단독 보도라며 '오버'하는 경우도 많았다.

TV 모니터로 고개를 돌려 소리가 난 이유를 찾았다. 출렁이는 바다만 보였다.

"사실이야?"

여객선이 침몰 중이라는 음성이 TV에서 흘러나오자 보도국 한쪽에서도 또 다른 큰 소리가 들렸다. 대개 한 번 큰 소리가 들리면 팀장들은 일선 기자들에게 전화를 걸며 사태 확인에 들어갔다. 하지만 이번엔 달랐다. 보도국 전체가 들썩였다. 한쪽에서는 내가 그랬던 것처럼 설마 아니겠지 하며 오보이기를 바랐다. 가끔씩 비행기가 불시착했다는 속보가 뜨거나 고기잡이 선박이 실종됐다는 기사를 접했지만 작은 배도 아니고 여객선이 침몰 중이라는 기사는 기자 생활 10여 년 만에 처음이었다.

잠시 뒤 탑승객 인원수가 들려왔다. 사람들은 타사 속보가 오보일 거라고 한 마디씩 던졌다. 받아들이기 힘든 현실 앞에서는 그 현실을 '부정'하며 마음의 안정을 찾는데 당시엔 적잖은 사람들이 그랬다. 적어도 여객선은 침몰할 수 있겠지만 탑승객은 대부분 구조가 될 거라고 믿었다. 커다란 여객선이 단 몇 분 만에 바닷속에 잠기지는 않을 테니까.

그 순간 천안함 침몰 당시 취재현장이 떠올랐다. 잊지 못하는 기억은 가슴 한구석에 남아 있다가 작은 실마리를 현실에서 만나면 다시 모습을 드러냈다. 천안함 침몰 때도 모두가 현실을 받아들이기엔 시간이 필요했다. 침몰한 잠수함 안에 젊은 장병들이 살아 있을 거라는 기대는 곧 마주해야 할 비극을 잠시나마 잊게 해주었다.

팀장들은 경찰청 출입기자에게 사실 관계를 확인하기 시작했다. 바다의 일은 해양경찰의 업무이지만 해양경찰청을 지휘하는 곳은 경찰청이었다. 정치팀장은 재난과 재해 업무를 담당하는 행정안전부에 출입하는 기자에게도 전화를 걸었다. 사건이 터지면 사회부는 비상이 걸린다. 사회부를 중심으로 기자들은 460여 명의 승객을 태운 여객선의 행방을 쫓기 시작했다.

일을 거들어야 하나 말아야 하나. 갈림길은 산속에만 있는 게 아니라 가슴속에도 있었다. 하나는 퇴근을 해 집에서 아이를 돌보는 아빠의 길이었고 다른 하나는 후배들과 함께 현장을 누비는 기자의 길이었다. 아무런 말을 하지 않은 채 상황을 지켜봤다. 자리를 떠나지 않았지만 속으론 눈치를 살폈다. 퇴근을 먼저 하기엔 분위기가 심상치 않았다.

모니터에서 또 다른 속보가 들려왔다. 탑승객 전원이 구조되었다는 뉴스였다. 옥죄던 긴장이 풀어지면서 사람들은 각각 다른 반응을 터뜨렸다. 한숨을 짓기도 했고, 조용히 혼잣말을 하기도 했다. 몇몇 동료들은 자신을 잠시 힘들게 한 타사 속보를 비난하기도 했다. 침몰 소식을 먼저 전한 타사는 오히려 발빠르게 소식을 전했을 뿐이었는데, 그렇게라도 누구를 탓해야지만 속이 후련할 만큼 긴장감이 컸다.

"먼저 퇴근하겠습니다."

의도적으로 인사말을 남겼다. 잠시나마 긴장의 시간을 함께 했다는 걸 그렇게라도 알리고 싶었다. 개인적으로 알고 있는 취재원에게 전화 한 통조차 돌리지 않았지만 먼저 귀가하지 않은 것만으로도 동료들에게 덜 미안했다.

지나고 보니 당시엔 모두가 곧 마주할 비극적인 상황을 집단적으로 거부한 것이었다. 여객선이 침몰하고 있다는 소식이 들려왔을 때는 그 소식이 사실인지 아닌지 확인을 하느라 분주했지만, 전원 구조 소식이 들려왔을 때는 진위를 더 이상 따져묻지 않았다.

다음날 새벽 회사로 가는 길, 모든 게 바뀌었다. 새벽녘 라디오에선 외면하고 싶었던 현실을 끊임없이 알려주었다.

470여 명. 4명도 아니고 40명도 아니고 400여 명이 탑승한 여객선이 침몰했다. 대부분 10대 학생이란 소식에 아무런 말을 할 수가 없었다. 그 아이들보다 부모들 걱정이 앞섰다. 부모가 되어보니 부모의 심정을 먼저 헤아리게 됐다.

열 달 동안 아이를 배 속에 품은 엄마는 좋은 음악을 듣고 좋은 음식을 먹으며 한 생명을 세상에 내보낼 준비를 한다. 아이가 목을 가누면 기뻐하고, 엎드려 배를 미는 모습에 환호하고, 걷기를 시작할 때 박수를 치고, "엄마 아빠" 하고 말하면 아이를 꼭 안아준 부모였지만, 아이의 죽음 앞에서 보일 수 있는 건 눈물과 절규뿐이었다. 사랑하는 사람의 목소리를 더 이상 들을 수 없을 때, 이름을 불러도 상대가 더 이상 들을 수 없을 때, 사랑하는 사람이 더 이상 나를 부르지 않을 때, 사랑하는 사람을 더 이상 만질 수 없을 때, 상대와 함께 나의 죽음을 경험한다는 걸 나는 아내와 사별하며 배웠다.

보도국은 아침부터 북적였다. 국민들의 관심이 진도 앞바다로 향한 만큼 취재 기자들도 진도로 향할 준비로 바빴다. 진도 앞 바다에 갈 팀을 꾸렸다. 언제 돌아올지 기약 없는 출장이었다. 장기 외부 출장을 앞두고 회사는 패기 넘치는 신입기자들을 선발대에 배치했다. 체력뿐만 아니라 취재를 향한 열정으로 무장한 기자들은 때로는 앞다퉈 출장을 자원하기도 했다. 예전엔 위기의 순간 적극적으로 행동하는 후배들의 모습을 보면서, 그 젊은 혈기만 현장에 보내기가 미안해 짐을 싸 함께 현장으로 달려갔었다. 하지만 지금은 달랐다. 갈팡질팡했다. 다시 마음의 갈림길 앞에 서 있었다.

"선배, 함께 가셔야죠?"

출장을 지원한 후배가 곁에 다가와 말을 걸었다. 내 의견을 물어보는 질문이라기보다는 일종의 명령처럼 들렸다. 자신이 마주한 선배의 과거 모습이 그랬던 것처럼, 이번에도 동행하기를 기대했다. 당연하다는 듯 대답을 기다리는 후배 얼굴은 내가 갈림길에서 어디로 가야 할지 대답할 때라고 재촉하는 듯했다. 유례없이 비극적인 사건 앞에서 먼 출장길을 떠나는 후배에게 짧게 전했다.

"미안해."

후배는 더 이상 묻지 않았다. 그는 진도 앞바다를 향해 떠났고 나는 여러 동료들이 보내온 기사로 새벽마다 아침 방송을 진행했다. 거친 파도 속에서 시신을 수습하기까지는 오랜 시간이 필요해 보였다. 기상이 안 좋았고 물살도 거셌다. 수차례 출장팀이 교체됐다. 출장을 다녀오겠다고 인사를 한 후배도 한동안 진도에 머물다 본사로 복귀했다. 오전 뉴스를 정리하고 잠시 휴게 공간에 들렀다. 진도에 다녀온 후배는 담배 한 대를 피우며 현장에서 보고 느낀 걸 동료들과 나누었다.

"많이 힘들었지?"

방송 기자의 가장 큰 고통은 눈물을 흘리는 유가족을 상대로 심정을 들어야 할 때였다. 경기도 이천 냉동창고 화재로 마흔 명이 사망했을 때도, 천안함 침몰로 마흔 명이 사망하고 여섯 명이 실종되었을 때도, 그 유가족들과 정면으로 마주해야 하는 순간은 무척 고통스러웠다.

"침몰 소식을 듣고 진도로 내려가던 가족들이 차에서 전원 구조 소식을 들었어요. 환호성과 감사하다는 말이 흘러나왔겠죠. 빨리 내려가 아이들을 보고 싶다는 마음도 가득했겠죠. 그런데 진도 앞바다에 도착을 앞두고 전원 구조가 오보라는 소식을 들은 거예요."

후배의 말에서 버스 안 모습이 그려졌다.

"가족들을 실은 차가 멈추고 문이 열렸죠. 문이 열리자마자 사람들은 바다를 향해 뛰기 시작했어요. 모두들 울부짖으면서요. 부모들이 아이의 이름을 목 놓아 부르며 바다를 향해 달려갔어요."

사회부 기자들은 많은 사람이 인생에서 단 한 번도 겪지 않을 만한 현장을 매일 쫓아다녔다. 진도 앞바다에 내려가기 전과 출장을 다녀온 후, 후배의 모습은 달랐다. 지치고 힘들다는 말을 하지는 않았지만 타올랐던 눈빛은 이미 힘을 잃었다. 별다른 말을 하지 못한 채 그 힘든 얼굴을 바라보기만 했다.

국장이 잠시 면담을 하자고 했다.

"무슨 문제가 있어?"

"네?"

"퇴직금이 얼마냐고 물었다며?"

경영국으로 가 예상 퇴직금 문의를 했는데 그 소식이 국장 귀에 들어간 듯했다.

"회사일도 그렇고 집안일도 잘 못하는 것 같습니다."

"애 때문인가?"

"아내와 사별을 하고 육아휴직까지 다녀왔는데 계속 조직에 폐만 끼치는 것 같아서요."

"누군가 해야 할 일을 하고 있는 건데 누구도 뭐라고 하는 사람 없어."

"……"

"회사를 그만둘 생각은 하지 말고 다른 방법은 없는지 더 생각해봐."

밤이면 자고 있는 아이 얼굴을 한참 더 바라봤다. 그 위에 아내의 얼굴이 겹쳐 보였다.

두려움이 밀려들었다. 그 모든 두려움은 미래에서 온 것이었다. 목표를 세워 계획을 짜고 시간을 쪼개 준비를 할 수 있는 그런 미래가 아니었다. 하나의 갈림길 위엔 민호가 웃으며 기다리고 있었다. 하지만 아이 얼굴 너머엔 아무도 걷지 않았던 어두운 숲이 자리잡고 있었다. 회사에 남는 길은 안내판이 있고 가로등이 밝게 빛나는 숲길과 같았다. 그 숲길은 어디로 가야 할지 알 수 있어 안전했지만 그 길 위에 아이는 보이지 않았다.

꿈에서라도 아내가 선택의 갈림길에서 어디로 가야 할지 가르쳐주면 좋겠다고 생각했다. 아이와 아빠를 창밖에서 오랫동안 지켜본 나무가 입을 열어 미래를 위한 지혜의 말을 들려주기를 바랐다. 그 나무를 높이서 바라보는 별과 그 별을 감싸안은 하늘도 어린아이와 떠난 아내를 위해 아빠가 어떤 선택을 해야 할지 한 마디라도 건네주기를 간절히 소망했다. 아침을 여는 새벽과 어둠을 여는 노을이 아빠의 고민을 조금만 덜어가주기를 바랐다. 하지만 아이의 잠든 모습과 창밖의 나무와 별과 하늘은 모든 선택을 스스로 해야 한다는 듯 침묵했다. 선택과 책임을 모두 버리고 현실에서 도망가고 싶었다.

편지 봉투 겉면에 '사직서'라고 썼다. 하얀 봉투 위에 글자가 또렷했다. 영화가 끝난 뒤 올라가는 엔딩 자막처럼 '사직서'라는 글자가 이제 기자의 삶을 내려놓아야 한다고 알리는 듯했다. 회사에 제출할 사직서라고 생각을 했는데 막상 써보니 이 사직서를 가장 먼저 받는 사람은 바로 나였다.

기자의 꿈을 키운 건 목에 커다란 보자기를 두르고 동네를 뛰어다니던 어린 시절부터였다. 작은 발로 마당을 가로지르며 '슈퍼맨'이라고 소리칠 때면 그 순간만큼은 위험에 처한 사람들을 구하는 슈퍼맨이 됐다. 높은 계단에서 뛰어내리고 가만히 서 있는 전봇대를 향해 발길질을 하며 세상을 구했다. 악이 가득 찬 세상에서 정의의 사도를 자처했던 어린 나는 시간이 지난 어느 날 인간은 '슈퍼맨'이 될 수 없다는 사실을 깨달았다. 그때 느낀 실망에서 벗어나기 위해서라도 지적이면서도 준수한 외모의 슈퍼맨을 닮고 싶었다. 사건 사고 현장에서 영웅이었던 슈퍼맨의 직업이 왜 기자였을까 하는 의문을 던졌던 때도 그즈음이었다. 기자와 사건 사고는 떼려야 뗄 수 없는 관계라는 걸 알았던 건 사춘기 무렵이었다. 그렇게 유년 시절부터 내 키만큼 함께 커왔던 기자의 꿈을 하얀 봉투 안에 접어넣었다.

사직서를 내기 위해 마지막 출근길에 올랐다. 회사를 가다 방향을 돌렸다. 아내가 보고 싶었다. 오전 시간 추모관은 한산했다. 아내는 투명한 유리 안에서 해맑게 웃고 있었다. 2년 6개월 사이 나는 흰 머리가 늘었지만 아내는 예전과 똑같이 고운 얼굴이었다. 도시적인 외모와 단아한 한복이 여전히 잘 어울렸다. 나중에 아내를 만날 때 늙어버린 내 모습이 부끄럽겠다는 생각이 들었다가 준비했던 말을 마음의 입으로 전했다.

'여보 나 기자 그만두기로 했다.'

아내는 그냥 웃었다.

'잘했지?'

목이 메었다.

'당신이 사경을 헤맬 때에도 이름을 불렀던 그런 아이였잖아. 그렇게 보고 싶어하는 아이였잖아. 나 말이야, 기자 일 한다고 집은 거들떠보지도 않았는데 이제 그러지 않으려고. 그게 미안했거든. 이제 가정으로 돌아가려고 말이야. 당신 목숨 걸고 낳은 아이 잘 키우려고 말이야.'

재생불량성 빈혈이라는 지병 때문에 수술을 할 수 없어 50시간 안팎의 산통을 견뎌냈던 아내는 조용히 듣고 있었다.

'이젠 아프지 않지? 그렇게 하늘나라에서 웃으며 기다리고 있어. 민호는 내가 최선을 다해서 키울게. 그리고 먼 훗날 우리 세 식구 다시 만나자.'

어려운 선택의 갈림길 앞에 서면 아내를 떠올렸다. 아내와의 이별을 통해 배운 건 우리는 반드시 이별한다는 것이었다. 심지어 우리는 순간마다 지금 이 시간과도 이별하고 있으니 어쩌면 삶은 이별의 연속이었다. 이별을 생각하면, 특히 그것이 내 삶과의 이별이라고 생각하면, 내가 어떤 선택을 해야 하는지 그 대답은 오히려 또렷해졌다.

사람들은 받아들이기 힘든 현실을 마주하면 '부정'하며 자신을 보호한다. 그 부정을 통해 마음은 잠시 위안을 받지만 마주해야 할 현실은 변하지 않은 채 그대로 남는다. 삶이 아름다운 건 끝이 있기 때문이라는 카프카의 말처럼, 내 삶을 잘 가꾸기 위해선 가끔씩 내 삶이 언젠가 끝난다는 사실을 기억해내야 했다. 삶의 끝을 바라보니 존경받는 기자로 살기보다 사랑받는 아빠로 살고 싶었다.

"결국 회사를 떠나는구나."

사직서를 바라보며 국장이 아쉬운 심정을 전했다. 마음이 아프다는 선배의 말에 나도 마음이 아팠다. 국장과 마지막 인사를 나눈 뒤 팀원들과 손을 마주 잡았다. 두 손으로 움켜쥔 손은 상대의 체온을 느끼며 그동안 고마웠던 마음을 전하는 몸짓이었다. 아침마다 TV 모니터에서 들렸던 뉴스 소리와 하얀 책상 위에 놓인 노트북 컴퓨터와 오전 뉴스를 끝내고 사람들과 커피를 마시던 시간과 이별했다. 오전 10시쯤이면 출입처에서 브리핑하는 현장도 이제는 더 이상 만날 수 없었다. 저녁이면 동료들이나 취재원들과 고기를 뒤집고 술잔을 기울이던 시간과도 끝이었다. 사람들은 별다른 말을 하지 않은 채 손을 꼭 잡아주었다. 한 동료는 꼭 잘 살아야 한다고 부탁을 했다.

"한 바퀴 돌자."

회사를 다니는 동안 서로에게 고민이 있으면 팀장과 함께 회사 주차장을 큰 원을 그리며 걸었다. 팀장은 마지막으로 다시 회사 한 바퀴를 돌자고 했다.

"마음은 좀 어떠냐?"

"여전히 잘 모르겠어요. 잘한 건지 잘못한 건지도 모르겠습니다."

길을 걷다가 팀장에게 고마움을 전했다.

"그래도 다시 2년 6개월 동안 회사를 다닐 수 있었던 건 선배 덕분이었습니다."

팀장은 아이를 돌보러 오전에 퇴근하는 후배의 일까지 도맡아 했었다.

"자주 보자."

안녕히 계시라는 말로 대답했다. 이제 예전처럼 자주 볼 수 없다는 걸 서로는 잘 알고 있었다.

차갑게 변한 아내 앞에서 울부짖었던 날, 후회와 슬픔이 눈밖으로 쏟아져내렸던 날, 세상에서 가장 소중한 게 무엇인지를 배운 그날의 기억은 회사를 그만둘 용기를 내게 해주었다.

3.

사랑은 아이처럼

침대 위에 누운 내 등 밑으로 아이 손이 들어왔다. 민호는 베개 밑이며 이불 아래며 스마트폰보다 작은 손을 깊숙이 집어넣는 걸 좋아했다. 손을 넣으면 얼굴엔 미소가 빙그레 감돌았다. 아이의 느낌일까. 그러고 보니 내가 민호만 할 때 방 한구석에 놓인 이불 안으로 손을 집어넣으면 마음이 편안했던 기억이 났다.

눈을 뜨고 고개를 돌렸다. 잠을 자는 아이 얼굴이 보였다. 숨을 쉴 때마다 작은 코를 벌렁거리는 아이의 얼굴은 평온함이 무엇인지를 가르쳐주었다. 잠옷은 배꼽 위까지 말려 올라갔다. 이불은 다리 아래까지 밀려 내려갔다. 이불을 끌어 아이의 배를 덮었다. 행복하고 싶거든 행복한 사람 곁으로 가라고 했는데 평온하고 싶으면 잠자는 아이의 얼굴을 바라보면 그만이었다.

평온한 새벽이 왔다. 지각할까봐 잠을 깨지도 않았고 눈을 뜨자마자 시계를 쳐다보지도 않았다. 새벽부터 운전을 할 일도 없었고, 예민하게 TV 뉴스에 귀를 기울일 일도 없었다. 아침에 일어나 확인하는 건 아이의 자는 모습과 앞으로 내가 더 잘 수 있는 시간뿐이었다.

퇴사를 하기 전 육아휴직을 마치고 복직을 한 뒤 얼마 지나지 않아 아이가 말했다.

"아빠, 난 TV에 나오는 사람이 싫어."

왜냐고 물었다.

"TV에 나오면 바쁘잖아. 난 바쁜 게 싫거든."

"TV에 나오면 바쁜 걸 어떻게 알아?"

"아빠, 회사 간 다음에 눈코 뜰 새 없이 바빴잖아. 난 바쁜 게 싫어. 노는 게 좋아."

담담하게 툭툭 던지는 몇 마디 말이 내 가슴에 툭툭 떨어졌다. 내가 복직을 하니 아이는 그동안 몰랐던 두 가지 사실을 알게 됐다. 하나는 TV에 아빠가 나온다는 사실이었고, 다른 하나는 그런 아빠는 TV 속에 있지 자신 곁에는 없다는 사실이었다. 이제 아빠는 TV 속에는 없지만 아이 곁에 있다.

"아침이야."

자고 있는 아이 귀에 속삭였다. 속삭이는 소리에 아이는 씩하고 웃었다. 아이의 웃는 얼굴은 보는 사람도 웃게 했다. 더 밝고 큰 소리로 속삭였다.

"아침이야."

"하지 마."

더 자고 싶었던지 이번엔 짜증을 냈다. 그래도 아이가 눈을 뜨자마자 아이를 간질이며 뒹굴었다.

"하지 마."

아이는 깔깔대며 말했다. 한 공간에 보고 싶은 한 사람이 있다는 것만으로도 감사했다. 사랑해서 같이 있는 게 아니라 같이 있다보면 사랑스럽다. 특별한 관계는 특별한 사람들이 만나서 생기는 게 아니라 평범한 사람들이 특별한 시간을 같이 보낼 때 생긴다는 말이 떠올랐다.

시를 좋아하는 사람들은 시집을 읽고, 꽃을 좋아하는 사람들은 꽃을 보고, 숲을 좋아하는 사람들은 숲에 머문다. 본다는 건, 듣는다는 건, 느낀다는 건 마음이 머물고 싶기 때문이다. 보여서 보는 게 아니라 보고 싶기 때문에 보는 것이고, 들려서 듣는 게 아니라 듣고 싶어서 듣는 것이며, 느껴져서 느끼는 게 아니라 느끼고 싶어서 느끼는 것이다. 오래 보고 오래 듣고 오래 느낄 때 사랑은 아이처럼 성장한다.

주방으로 향했다. 민호는 거실 소파 위에 아무런 말없이 앉아 있었다. 꿈에서 현실로 돌아오기까지는 얼마간의 시간이 필요했다.

"민호야, 뭐 먹을래?"

잠시 손주를 돌보기 위해 집에 머물렀던 부모님도 돌아갔으니, 이제 식사와 집안일은 내 몫이었다. 멍한 표정을 짓던 아이는 음식을 주문했다.

"아빠, 짬짜면 알지?"

짬짜면? 짬뽕과 짜장면?

"스파게티를 그렇게 해줘. 하나는 빨간색으로, 다른 하나는 흰색으로."

그러니까 그릇 하나에 짬뽕과 짜장면이 각각 담겨 있는 것처럼 아이는 빨간 토마토 스파게티와 하얀 크림 스파게티를 같이 먹고 싶어했다. 며느리가 된 기분이 이런 걸까. 잠시 아이가 시어머니처럼 느껴졌다. 스파게티를 토마토와 크림 스파게티 두 개로 나눴다. 사진도 찍었다. 아이를 위해 회사도 그만두고 토마토와 크림 스파게티를 해주는 아빠라면, 내가 생각해도 괜찮은 아빠였다. 그렇게라도 나 자신을 치켜세웠다.

아이가 맛있게 먹는 사진도 찍어둘 계획이었다. 역사적인 날이니까. 아이의 행복이 내 덕분이라고 상상을 하니 그럴듯했다.

"민호야, 밥 먹자."

"명령하지 마!"

식탁에 눈길 한번 주지 않은 채 민호는 거실에서 책을 읽으며 한마디를 던졌다. 이건 무슨 경위지?

"아빠한테는 존댓말을 써야지."

"명령하지 마……요!"

여전히 민호는 열중해서 책을 읽었다. 책 표지의 주인공이 웃는 모습까지도 얄미워 보였다.

"민호야, 밥 치운다."

그제서야 아이가 느릿느릿 식탁으로 걸어왔다.

"아빠, 이걸 다 먹어?"

이건 또 무슨 소리.

"두 개 다 해달라며?"

고개를 갸우뚱거리던 아이는 양이 많다면서, 토마토 스파게티를 먹기 시작했다.

"아빠, 이건 양념이 잘 안 밴 것 같아."

아이는 거짓말을 할 줄 몰랐다. 맑은 영혼의 소유자. 이번엔 크림 스파게티를 먹었다.

"아빠, 이건 역시 느끼해."

그러니까 난 아이를 위해 양념이 안 밴 토마토 스파게티와 느끼한 크림 스파게티를 아침부터 만든 셈이었다.

"아빠, 나 그냥 밥 먹을래."

헐. 이런 감정이 자괴감이라는 건가.

"반찬 없으니까 그냥 먹어."

나도 노력한 거라고, 처음부터 어떻게 살림을 잘할 수 있느냐는 말을 그냥 먹으라는 말로 대신했다. 그 말이 끝나자마자 아이는 냉장고 문을 열었다. 그러더니 반찬통을 손가락으로 가리켰다.

"아빠, 그럼 이건 뭐야?"

아이는 근거를 들어 자신의 주장이 맞다고 힘주었다.

"아빠, 이건 반찬이 아니고 뭐야?"

아들아, 거짓말을 한 게 아니라 아빠 좀 봐달라고. 결국 민호는 어머니가 놓고 간 새 김치와 육개장을 맛있게 먹었다. 엄지손가락을 치켜올리며 '짱이야!' 라면서.

민호는 자신을 표현하는 데는 주저함이 없었다. 당당한 건 꼭 아이 엄마를 닮았다. 아침에 따뜻한 국물을 주면 좋아할 것 같았던 어느 날, 냄비 안에 멸치를 넣고 육수를 내던 어느 날도 당당했다. 민호는 뷔페에 가면 국수부터 찾을 만큼 면을 좋아했다. 아이가 국수를 맛있게 먹는 상상을 하며 멸치와 다시마, 무를 넣고 국물을 우려냈다. 뽀얀 국물은 분명 조미료와 다른 맛이었다. 살짝 면을 삶고 찬물에 헹궜다. 그날 민호에게 아침 메뉴를 알리니 아이는 "와!" 소리를 냈다. 김치를 볶아 고명을 만들어 얹었다. 국수가 아이 입으로 들어갈 생각을 하니 설레었다. 아이는 육수를 끓일 때부터 부엌 근처를 맴돌았다. 간을 보니 조금 싱거운 것 같아 집에 있던 장국을 넣었다. 다시 간을 봤다.

'싱거운걸.'

이번엔 장국을 몇 수저 더 넣었다. 스파게티의 굴욕을 만회할 거란 의지도 국물 안으로 넣었다.

"민호야, 맛이 어때?"

민호가 말을 하려다 멈칫했다. 잠시 내 눈을 쳐다봤다. 아무런 말이 없었다.

"아빠, 잠깐 일로 와봐."

"민호야, 왜?"

아이가 부르는 소리에 식탁 가까이 갔다.

"아빠, 한번 먹어봐."

"……"

"아빠, 어때? 솔직히 말해봐."

"……"

"아빠, 맛이 어때? 맛있어?"

"……"

아빠는 말이 없었고, 민호는 밥을 먹고 싶다고 했다. 민호는 참 논리적이었다. 떼를 쓰는 일도, 막무가내로 우겨대는 일도 드물었다. 또박또박 근거를 들며 말을 했다. 아빠에게 국수 맛을 확인시켜주듯이. 다시 어머니에게서 받은 반찬을 꺼냈다.

밥을 먹는 아이는 아빠에게 마음으로 말을 거는 것 같았다. 아빠, 괜찮아. 그러면서 배우는 거야. 나도 두발자전거를 처음부터 잘 탄 게 아니라 넘어지면서 배웠거든. 아빠, 당분간 고생길이 열렸어.

2천 번의 실패 끝에 백열등을 만든 에디슨이 자신은 "2천 번 실패한 게 아니라 2천 번 동안 성공할 수 있는 방법을 배웠다"라고 했듯이 어쩌면 매일 부엌에서 나는 더 맛있는 음식을 만들기 위한 방법을 알아가고 있는지도 모르겠다. 지나치게 장국을 많이 넣으면 텁텁한 맛이 날 수 있다는 걸 배웠던 것처럼. 도전이 없다면 실패도 없으니까.

회사를 막 그만둔 아빠의 음식 솜씨가 서툰 건 어쩌면 당연할 게다. 그런 내 모습을 받아들이기로 했다. 언젠가 아이가 아빠의 음식을 먹고 엄지손가락을 내밀 거라는 모습을 머릿속으로 그렸다. 시련은 힘겹지만 그 힘겨움을 미래의 희망으로 밀어내고 매일 아침 앞치마를 두른 채 가스불을 켰다.

아이의 말을 들으면 섭섭하다가도 웃음이 나왔다. 냉정하게 아빠의 음식을 평가하는 아이의 말이든, 자기의 필요 때문에 부르는 말이든, 그 말을 들을 수 있다는 건 바로 앞에 아이가 있다는 뜻이었다. 영원히 곁에 있을 것 같다는 착각 때문에 아내와 살던 시간을 대부분 직장에서 보냈지만 이제 아이와 함께하는 시간을 놓치고 싶지 않았다.

육아가 힘겨워질 때면 마음속에 머무는 아내의 목소리에 귀를 기울이기로 했다.

"남편, 우리는 만났기 때문에 이별한 거야. 언젠가 아이도 떠나야 해. 아이를 잘 부탁할게."

4.
슬픔을 공개할 것

회사를 그만두기 6개월 전쯤 전화 한 통이 걸려왔다. 숫자 7로 시작하는 전화번호였다. 그 번호가 익숙했던 건 친했던 국회의원 보좌관 때문이었다. 그가 여의도 국회 사무실에서 밤늦게까지 일하다가 가끔씩 안부가 궁금하다며 전화를 걸어올 때 보던 번호였다. 그분인가 지레 짐작하며 누구시냐고 물었다. KBS 〈인간극장〉 팀이라고 했다.

과천에 거주하는 한 주민으로부터 제보를 받고 전화를 걸었다고 했다. 그는 나의 삶을 물었다. 누군가가 내 삶을 이야기해달라는 건 기분 좋은 일이었다. 심리상담 중에 내가 내 삶의 주인공인 느낌을 받는 것도 그런 이유에서였다. 내 이야기를 할 때 나는 내 삶의 주인공이 된다. 나는 떠난 아내와 남은 아이 이야기를 들려주었다.

처음 전화를 받고 일주일 뒤쯤 다시 〈인간극장〉 팀에서 전화가 왔다. 지난번에 이야기를 하고 난 뒤 팀에서는 촬영을 하는 쪽으로 방향을 잡았다고 했다. 그런데 윗선의 허가가 몇 차례 더 있어야 한다고 했다. 첫번째 통화는 한 시간 남짓 걸렸지만 두번째 전화는 그간의 과정만 설명해주고 짧게 끝났다.

"좋은 일도 아닌데 굳이 촬영을 왜 하니?"

소식을 전하자 어머니는 불편한 반응을 드러냈다. 그 불편함은 아직도 며느리와의 이별을 정리하지 못한 슬픔에서 나왔다. 아버지와 나, 그리고 동생 사이에서 억센 삶을 견뎌온 어머니는 상냥한 며느리를 사랑했다. 8평 단칸방에서 네 식구가 어깨를 나란히 한 채 잠을 잤던 기억. 어머니는 겨울 늦은 밤에 잠을 자다가도 고된 몸을 이끌고 연탄을 갈며 행복한 미래를 꿈꾸었다. 그 끝에는 두 아들의 행복한 결혼 생활이 있었다. 그 꿈을 완성해준 며느리가 아무도 예상하지 못한 어느 날 병원에서 차가운 시신으로 변했다. 예고도 없이, 한 마디 인사도 없이 떠난 며느리 소식에 어머니는 병원 바닥에 주저앉아 목 놓아 울었다. 왜 나에게 이렇게 끝없이 시련을 주시느냐며 신과 자신의 삶을 향한 원망의 눈물이기도 했다. 며느리의 영정 앞에서 절을 하던 날, 어머니는 고개를 땅바닥에 묻은 채로 "나이 많은 내가 어린

네 앞에서 절을 해야 하느냐" 하며 한없이 슬픔을 쏟아냈다.

가족들의 바람과 다르게 7로 시작하는 전화번호로 전화는 한 번 더 왔다. 최종 결정을 남겨두고 있다고 했다. 상대가 기대하는 바에 내가 따를 수 없을 때 생기는 감정은 부담이었다. 나는 미안하다고 했다. 평소에 알던 어머니가 아니라, 며느리를 잃은 어머니로 어머니를 바라볼 사람들의 시선이 두려웠다. 사랑스런 내 아이가 엄마를 잃은 아이라고 낙인 찍힐까 겁도 났다. 그건 아버지도 그리고 동생도 마찬가지였다. 우리 가족은 시간이 조용히 흘러가기만을 기다렸다.

아이 손을 붙잡고 간 도서관은 그런 두려움을 더 키웠다. 동화 속의 주인공들은 친엄마를 여의는 순간부터 불행이 시작됐다. 아빠가 재혼이라도 하면 주인공들은 새엄마와 새 식구들 때문에 견디기 힘든 고통을 받아야만 했다. 엄마를 여읜 '콩쥐'도 '신데렐라'도 집안일을 도맡아하며 힘겨운 삶을 견뎌야 했고, '백설공주'는 새엄마 때문에 독이 든 사과를 먹고 죽어야만 했다. 동서양을 막론하고 엄마를 여읜 아이는 불행한 삶을 살았다. 게다가 스스로 행복해질 수도 없었다. 엄마를 잃은 공주들은 왕자의 삶에 의지해야만 비로소 행복할 수 있었으니까.

아이가 동화책을 읽을 때면 엄마 잃은 주인공에 초점을 맞추기보다는, 주인공이 시련에 맞서 이겨내는 과정에 집중하기를 바랐다. 언젠가 아이가 크면 유년 시절에 커다란 시련을 겪은 많은 사람들이 위인의 반열에 올랐다는 걸 말해주고 싶었다.

그럴 즈음 민호를 향한 부정적인 평가들이 들려왔다. 민호 때문에 다른 아이들이 마음에 상처를 받는다는 이야기였다. 민호의 말과 행동을 주의 깊게 바라보기 시작했다. 민호와 놀던 아이가 울면서 내 앞으로 달려온 날이었다.

"민호 아빠, 민호가 저만 잡아요."

그 아이는 작고 여렸다. 술래잡기 놀이를 같이 했는데 민호가 다른 아이를 잡지 않고 자신만 잡는다는 거였다. 계속 자신만 술래를 만드는 민호에게 화를 내지는 못하고 내게 눈물로 호소한 것이다. 민호를 불렀다.

"왜 이 친구만 잡니?"

민호는 눈을 크게 뜬 채 대답했다.

"맨 처음부터 얘를 잡으려고 한 건 아니야."

"네가 나만 잡았잖아."

내가 고쳐 물었다.

"얘만 잡은 건 맞니?"

"응, 그건 맞아. 왜냐하면 아무리 다른 아이들을 쫓아다녀도 잡을 수가 없었어. 다른 아이들이 나보다 더 빠르거든."

민호도 아빠와 엄마를 닮아 키가 크지 않았다.

"그런데 얘만 나보다 느린 거야."

"그래도 한 아이만 잡으면 어떻게 해. 달리기가 빠른 친구가 민호 너만 잡으면 넌 화나거나 속상하지 않겠어?"

"그건 할 수 없는 거지. 술래잡기가 그런 거 아니야?"

우는 아이의 엄마도 자신의 아이를 보며 안타까워했다. 그 엄마의 입장이라면 무척 속상할 것 같았다. 민호 입장에서는 그 아이가 떼를 쓴다고 생각하는 것 같았다. 원래 놀이는 그런 건데.

소문은 커져갔다. 목소리가 큰 아이, 자기주장이 강한 아이란 평가가 여기저기서 들려왔다. 급기야 민호가 다니는 유치원에서 학부모들의 민원 때문에 예의범절 교육을 강화하겠다는 공문까지 발송했다. 당시에 여러 학부모들로부터 민호가 자기중심적이라거나 친구들을 조종하려 한다는 등 자주 항의를 받았던 터였다.

다름을 틀림으로 바라보는 시선에 맞서고 싶었다. 한국 사회의 수많은 '정상성'들이 한편으로는 버겁기도 했다. 가정엔 엄마와 아빠가 있는 게 정상이고, 학생들은 공부를 잘하든 못하든 대학을 가야 하고, 대학을 졸업하면 바로 대기업에 입사하고, 그러고 나면 결혼을 하는 게 이 사회에서는 정상이었다. 그 기준이 과연 정상인지를 묻고 싶었다. 엄마 아빠 중 한 사람이 없어도 그 가정은 비정상이 아니며, 공부를 못하는 학생도, 대학을 졸업

하고 방황하는 사람도 비정상인 것은 아니다. 겉으로 예쁘게 포장된 '평균적인' 가정은 그래서 평균적으로 행복하냐고 묻고 싶기도 했다. 영유아 학대의 80퍼센트 정도가 다름 아닌 친부모에게서 일어난다는 점을 생각해보면 가정의 행복은 겉모습이 아니라 관계의 깊이에 있다는 걸 세상 사람들에게 말하고 싶었다.

"출연하겠어요."

반대하는 어머니에게 출연 의사를 밝혔다. 어머니는 고개를 저었다.

"아내를 이른 나이에 보냈다는 걸 전국에 알려서 좋을 게 도대체 뭐가 있니?"

"우리 가족이 어디가 어때서요? 그게 부끄러운 일은 아니잖아요."

어머니는 내가 아이를 진정으로 생각한다면 다시 행복한 결혼을 선택하는 게 합리적이라고 했다. 아들의 행복한 삶을 바라는 어머니의 마음은 이해가 갔지만 난 여전히 아내와 떨어져 있지 않았다. 스치는 바람 속에서도 따사로운 햇살 속에서도 아내를 느꼈다. 아내는 그렇게 때로는 바람이 되고 때로는 햇살이 되고 때로는 비가 되어 내 곁에 머물렀다. 아내가 아닌 그 누구도 사랑할 수 없었다.

"부인 잃었지, 회사도 나왔지. 남들이 보면 뭐라고 하겠니?"

단 하루 이틀로 정리할 수 있는 사안이 아니었다.

"네 마음대로 해라. 하지만 나는 출연을 못 할 것 같구나."

아이의 마음을 꼭 안아주었던 아동상담심리 교수님을 찾아 나섰다. 막상 방송에 나갔을 때 아이에게 어떤 영향이 갈지 예상할 수가 없었다. 엄마 없는 아이라는 걸 전국에 알릴 거냐는 어머니의 말씀이 귓가를 맴돌았다.

교수님은 별다른 고민 없이 조언했다.

"출연하세요."

쉬운 문제라는 듯 말했다. 그 담담함에 당황했다.

"출연하라고요?"

"네, 출연하세요."

"어떤 결과가 나올지 모르겠어요. 아이를 위해서라고 생각하지만, 제 욕심인 것 같기도 하고요."

"아이를 위하신다면 꼭 출연하세요."

'꼭'이라는 말은 막연한 확신을 넘어 명확한 진단처럼 들렸다.

"그리고 가능하면 양가 부모님들도 방송에 나오게 하세요."

아이뿐만 아니라 부모님들까지도 출연을 제안했다.

"슬픔은 드러낼 때 치유됩니다. 출연을 하시면 많은 분들이 위로와 격려를 해줄 겁니다. 힘드시겠지만 부모님들을 꼭 설득하셔서 출연하세요."

슬픔은 드러낼 때 치유된다. 감춘다는 건 부끄럽다는 것이다. 감춘 사연과 드러내지 못한 감정은 내 마음 깊은 곳에 남아 끊임없이 자신을 괴롭힌다. 부끄러운 사연을 겪은 사람이 나라고, 민망하고 수치스러운 사연을 간직한 사람이 바로 나라고 저 깊은 내면에서 어두운 목소리가 순간순간 들려온다. 교수님의 말을 난 이렇게 받아들였다.

드러낸다는 건 나 자신을 있는 그대로 인정하는 일이라고 했다. 지금 자신의 모습을 인정하지 못하면 나는 끊임없이 수치와 연민 속에 갇혀 우울한 삶을 살아야 한다. 감추고 싶은 나의 이야기를 공개하려면 내가 내 삶을 인정하는 일이 필요했다. 적어도 아내를 여의었지만, 그래서 슬프지만, 내 삶은 여전히 아름답고 소중하다는 걸 믿어야만 했다. 그 믿음으로 용기를 냈다.

"KBS죠? 6개월 전쯤 출연 제의를 받았던 강남구입니다. 생각을 바꿨습니다."

5.
인간극장

"민호야, 안녕."

담당PD와 카메라 감독이 환하게 웃으며 집 안으로 들어왔다. 등에 가벼운 가방을 짊어지고 등산화를 신은 두 사람은 촬영 현장보다는 북한산이 더 어울리는 모습이었다. 건장한 체격의 두 남자가 현관에 들어서자 입구는 꽉 찬 느낌이 들었다. 3주 동안 같이 지낼 새 식구라고 생각을 하니 어색했다. 한편으로는 민호에게 전하는 인사말이 아빠와 아들 두 사람만이 있어 단출했던 집이 당분간 북적일 거라는 걸 알리는 신호와 같았다.

민호는 당초 인생 계획에 없었던 삼촌 두 사람과 인연을 맺자 처음에는 거리를 두고 탐색하는 시간을 가졌다. 적어도 자신에게 이득이 될 만한지 그렇지 않은지를 따지는 눈빛이었다. 아이들에게 이득의 기준은 생각보다 단순했다.

"삼촌, 놀자."

삼촌을 부르는 아이의 목소리에 두 삼촌들은 마치 민호와 놀기를 무척 기다린 사람처럼 활짝 웃으며 "그래, 민호야"라고 답했다. 이로써 민호는 두 사람을 향한 탐색을 모두 마쳤다. 삼촌들은 내 편.

PD와 카메라 감독은 초반에 민호와 친밀한 관계를 맺어야만 했다. 민호가 다큐멘터리 프로그램의 주인공인데, 촬영을 거부하거나 적극적이지 않으면 한 달간 생활이 몹시 고달플 거라는 걸 그들은 오랜 경험을 통해 잘 알고 있었다. 촬영하랴 아이와 놀아주랴, 바쁜 두 사람에게 속으로는 무척 미안했지만 민호가 놀자고 아빠를 찾지 않아 한편으로는 편하기도 했다. 왠지 두 사람과 보낼 한 달이 괜찮을 수 있을 거라는 예상을 했다.

두 사람은 나와 동갑이었다. 한 사람은 아내 배 속의 아이가 한 달여 뒤에 태어나기를 기다리고 있었고 다른 한 사람은 민호 또래 아이의 아빠이기도 했다. 나이가 같다는 것, 그리고 어린아이의 아빠라는 점에서 우리는 서로 닮았다. 그들은 내 삶을 궁금해했고, 난 앞으로의 촬영이 궁금했다.

"촬영 인원이 되게 많을 줄 알았어요."

"사람이 많으면 오히려 자연스러운 장면을 담기 어려워서요."

두 사람과는 촬영 이야기부터 아이 이야기까지 질문을 주고받으며 외롭지 않은 시간을 보냈다. 아이를 키우면서 매일 느꼈던 건 내 주위엔 말을 붙일 어른이 별로 없다는 사실이었다. 아이를 유치원에 보내고 나면 나는 항상 혼자였다. 전 회사 동료들은 출입처에서 그날 기사를 쓰기에 바빴고, 옆집 엄마를 붙잡고 커피를 마시며 수다를 떨기엔 그만큼 용기가 없었다. 딱히 만나서 나눌 이야기도 적었다. 온전히 아빠이면서 온전히 엄마인 날 이해해줄 수 있는 사람은 그리 많지 않을 테니까. 그러던 내게 말동무가 생긴 셈이었다.

하지만 그들 곁에 카메라가 있다는 사실은 순간마다 신경을 곤두서게 했다. 부엌에서 칼질을 할 때도, 집 앞 마트를 갈 때도, 저녁을 먹고 설거지를 하는 순간에도, 카메라는 곁에서 나를 지켜봤다. 촬영팀 두 사람은 우리 부자가 식사하는 장면을 촬영하고 나서야 밥을 챙겨먹었으니 그 시간만큼은 긴장의 끈을 놓을 수 있었다. 그런데 저녁을 먹은 뒤에도 두 사람은 떠날 채비를 하지 않았다.

"그런데 언제 퇴근하세요?"

"민호랑 같이 주무셔야 가지요."

"잠이 들어야 가신다고요?"

"주무시는 장면도 촬영을 해야 하니까요."

"그럼 밤 10시도 훌쩍 넘을 텐데."

"근처에 모텔 잡아놨습니다. 하하하."

PD도 못 할 직업이구나. 얘기를 들어보니 촬영을 나가면 일단 한 달 가까이는 가족과 떨어져 지내야 했다.

"아니, 아내 배 속에 아이가 있다면서요."

곧 산달이라고 했다. 이 순간 잘못하면 아내에게 평생 두고두고 욕을 먹을 수도 있다고 PD에게 말해주었다.

하루 종일 카메라를 의식하다보니 손과 발은 평소보다 더 바빴다. 행여 지저분하다는 소리를 들을까봐 아니면 음식을 못한다는 이야기를 들을까봐 더 많이 치우고 더 많이 만들었다. 아이와 잠자리에 들자 PD와 카메라 감독은 들어왔던 현관문을 열고 잠잘 곳을 향해 떠났다. 그렇게 고단했던 하루가 끝났다.

"안녕히 주무셨어요."

그들은 다음날 아침 7시도 되지 않아 활짝 웃으며 현관에 들어섰다. 웃는 얼굴이 부담스러웠다. 게다가 미소를 띤 얼굴을 향해 좀 늦게 오셨으면 좋겠다는 말을 할 수도 없는 노릇이었다. 두 사람도 나만큼 힘들 테니까. 촬영은 다시 이른 아침부터 시작됐다. 민호가 아침에 일어나 방문을 나오자 PD는 방긋 웃어주었고 카메라 감독은 아이가 일어나는 순간을 카메라에 담았다.

촬영 사흘째, 저녁 무렵 PD가 안쓰러운 표정을 지으며 말을 걸어왔다.

"모텔에서 잠을 도저히 못 자겠어요."

"아무래도 집이 아니니까 불편하시지요?"

"모텔이 너무 오래되어서요. 방음이 전혀 안 돼요."

숙소라는 곳은 모텔이라기보다는 고시원에 가까웠다.

"죄송한데, 민호랑 같이 자면 안 될까요?"

빠바바밤. 베토벤의 '운명'이 귓가에 맴돌았다. 잠시 말을 멈췄다. 말이 안 나왔다기보다는 예상하지 못했던 부탁에 머리는 하얀 도화지처럼 변했다. PD 얼굴은 더 피곤해 보였다. 아니면 더 피곤한 표정을 지은 것도 같았다. 방음이 안 되는 모텔 덕분에 촬영팀과 같이 있는 시간은 17시간에서 24시간으로 늘어났다.

TV 출연을 결사 반대했던 아버지와 어머니 그리고 동생은 '민호를 위해서라면 TV에 출연해야 한다'는 전문가의 말을 따르기로 했다. 매일 35분씩 다섯 차례나 방송하는 시간을 생각하면 반드시 가족들의 협조가 필요하다고 촬영팀은 말했다. 세상 사람들이 당신들을 향해 며느리를 여의고 직장을 그만둔 아들을 둔 부모라는 말을 하더라도, 하나뿐인 손자를 위해서 기꺼이 '체면'을 버리기로 했다. 쉬운 결정은 아니었다. 몇 차례 어머니의 울음 섞인 목소리를 들어야 했고 화난 목소리도 들어야만 했다. 대신 방송에 거의 나오지 않도록 해달라고 촬영팀에 부탁했다.

부모님의 바람과 다르게 촬영팀은 부모님 댁으로 들어갔다. 민호가 매주 할아버지 할머니와 함께 주말 시간을 보냈으니 엄밀히 말하자면 촬영팀은 민호 할아버지 할머니를 만나러 간 게 아니라 민호를 따라간 셈이었다.

촬영을 거부했던 어머니였지만 막상 촬영팀이 집 안까지 들어오자 친절하게 손님을 맞이했다. 무슨 생각이었는지 촬영팀 앞에 옷 몇 벌을 꺼내놓았다. 하얀색 치마와 집에서 입을 법한 편안한 운동복 바지였다.

"며느리 옷이에요."

예상에 없던 어머니 행동에 촬영팀은 놀랐다.

"민호 엄마 유품이라는 건가요?"

"네, 정말 예쁜 며느리였거든요. 며느리가 입던 옷인데 이 옷을 가끔 제가 입습니다. 저한테도 꼭 맞거든요. 그리고 나중에 손자에게 엄마 옷이라고 전해줄 거예요."

어머니가 아내 유품을 간직하고 있다는 말은 일찍이 들어본 적이 없었다. 어머니도 나처럼 아내를 가슴속에 품고 있었다.

내게는 더 많은 물건들이 남아 있었다. 민호의 2층 침대 아래에 놓여 있던 커다란 박스를 열었다. 손때 묻은 빨간 지갑이 보였다. 지갑이 닳고 닳아 모서리에 검은 속이 겹겹이 드러났다. 처녀 때부터 들고 다녔던 단 하나의 청록색 손가방과 흰 종이에

영어 단어를 빼곡히 눌러 쓴 단어장도 있었다. 그리고 스물네 개의 통장. 예금이 들어 있던 통장은 단 하나였지만 돈이 많아서가 아니라 한 푼이라도 더 벌기 위해서 아내는 여러 개의 통장을 보관했다. 민호의 초음파 사진도 눈에 띄었다. 아내 배 속에서 눈을 감고 있던 민호를 보며 아내는 경이로움과 행복감에 젖은 미소를 지었다.

"화장대에 강 기자님 아내분이 꼭 앉아 있을 것만 같아요."

촬영팀은 마루 한구석에 놓인 화장대를 보며 그렇게 말했다. 촬영팀은 집 안 물건 하나하나를 카메라에 담으며 물건에 담긴 추억을 듣고 싶어했다. 연애 시절 아내와 몇 차례 갔던 인천의 석모도도 민호와 함께 다시 가봤다. 민호는 보문사에서 붉게 물든 석양을 보며 소원을 빌었다.

"아빠가 장난감 많이 사주게 해주세요."

녀석다운 귀여운 소원이었다.

"아빠 차례."

"민호가 엄마가 보고 싶어도 씩씩하게 자라게 해주세요."

아이 눈이 촉촉하게 젖어왔다.

"아빠, 나도 그 생각했었는데."

"이제 민호 차례."

"삼촌들과 오랫동안 같이 지내게 해주세요."

민호 세번째 소원은 촬영팀과 오랫동안 같이 있게 해달라는 것이었다. 그만큼 촬영팀은 아이에게 즐거운 기억을 만들어주기 위해 최선을 다했다.

3주가 넘는 촬영 기간의 마지막 날 PD가 아내에게 못다 한 말을 부탁했다.

"마지막으로 한말씀하세요."

"네?"

"이 카메라가 아내분이라고 생각하시고요."

갑작스러운 죽음 앞에서 전하지 못한 채 가슴속에 묻어둔 작별의 말을 전하라고 했다. 마지막 촬영이었다. 아내 얼굴을 상상속에서 그렸다. 눈물이 조금씩 차올랐다.

"함께 있어서 행복했고, 진심으로 사랑했어. 그 시간을 허락해주어서 감사해. 비록 멀리 떠나 있더라도 내 가슴속에 남아 있는 한 우리는 이별한 게 아닐 거야."

아이를 남겨두고 미리 떠났다고 아내가 미안해하지 않기를 바랐다. 이별을 했다는 건 만났기 때문이고, 가슴이 아프다는 건 사랑했기 때문이라는 사실을 아내도 기억해주기를 바랐다.

"오늘이 마지막 날인데 간단히 맥주나 한잔하시죠."

아이를 재워놓고 PD와 단둘이 거실에 앉았다.

"반신반의했어요. 촬영을 허락하시는 거에 대해서요."

"세상에 말하고 싶었어요. 우리가 어떠하냐고요. 엄마와 아빠가 있는 가족의 모습도 좋지만 그것보다 더 중요한 건 겉모습이 아니라 관계의 깊이에 있다는 걸 말하고 싶었거든요. 특히 엄마가 없다는 선입견 속에서 아이를 키울 자신이 없었어요."

"시련에 맞서는 모습, 사람들에게 보여주고 싶은 삶들도 적지 않은데 결국 자신의 아픔을 공개하는 걸 거절합니다. 거의 대부분 그랬습니다."

"사실 저도 처음엔 거절했잖아요. 다른 사람들의 시선이 두려웠거든요."

"그래서 놀랐습니다. 기자님이 출연을 하시기로 했다니까 사무실에서도 설마 하는 분위기였어요."

〈사랑은 아직도〉란 제목으로 전국에 민호 얼굴이 전파를 탔다. 민호가 길거리를 지나갈 때면 낯선 할아버지와 할머니가 다가와 "네가 그 아이구나"라며 아이의 얼굴을 쓰다듬어주거나 꼬옥 안아주었다. 아이는 낯선 어른들의 호의에 의아해하며 눈을 동그랗게 뜨고 물었다.

"아빠, 누구셔?"

"그냥 너를 좋아하시는 분들이지."

전문가의 말대로 어머니와 아버지는 일주일 동안 전국에서 걸려온 위로와 격려의 전화로 집안일, 회사일을 제대로 하지 못했다. 초등학교 동창서부터 아이를 키우며 인연을 맺은 옛 동네 친구들까지 방송국 등에 전화번호를 수소문해 부모님에게 전화를 걸었다. 어머니는 많은 눈물을 흘렸고, 전화를 걸어준 분들도 함께 울어주었다.

방송이 나간 뒤 출연할 용기를 북돋아준 전문가의 말을 다시 새겼다. 슬픔은 감추지 않고 드러낼 때 사람들이 다가와 위로의 말을 전한다. 그리고 그 격려와 위로 속에서 우리는 다시 살아갈 힘을 얻는다.

6.
초등학교 입학

3월 1일 오전, 아파트 벽면 스피커에서 안내 방송이 들려왔다.

"오늘은 순국선열의 넋을 기리는 3·1절입니다. 각 가정은 태극기를 게양해주시기 바랍니다."

아파트 관리사무실은 3·1절의 의미까지 친절히 가르쳐주었지만 나에겐 다른 의미였다.

"오늘은 민호의 초등학교 입학 하루 전날입니다. 입학 준비에 만전을 기해주시기 바랍니다."

학창 시절 국경일은 학교를 가지 않는 날이었고 그래서 놀아야 하는 날이었으며 수단과 방법을 가리지 않고 친구에게 전화를 걸어야 하는 날이었다. 회사에 들어가보니 국경일은 모처럼 아무런 계획도 세우지 않고 늦잠을 자며 물 먹은 미역처럼 축

늘어져 있어야 하는 날이었다. 반면 학부모에게 3월 1일이란 한 학기 시작 전날이었다.

주변에 아이 공책이 가득했다. 그 공책 위에 아이 이름을 하나씩 적어야 했다. 1학년 학용품은 큼직했다. 색연필도 어른 엄지손가락보다 굵었고, 공책의 줄 간격도 널찍했다.

내일 준비물은 뭐였더라? 아이 학용품에 이름을 다 쓰고 난 뒤 입학식 당일 준비물을 살폈다. 안내장엔 '생활기록부 기초자료조사서'를 작성하라고 돼 있었다. 먼저 아이 한글 이름과 한자 이름, 그리고 주소와 연락처를 적었다. 바로 아래엔 가족 관계를 적는 빈칸들이 보였다. 이번엔 내 이름과 한자, 그리고 주소와 연락처를 적었다.

나에 관한 신상정보를 적고 보니 더 이상 적어야 할 가족이 없었다. 떨어져 사는 아이의 할머니와 할아버지는 같은 세대가 아니었고 특히 아이의 엄마를 적을 수도 없었다. 한집에 사는 가족들을 적으라며 가족란에 다섯 줄이나 남겨두었지만 민호 가족은 아빠 한 명만 채우고 끝이 났다. 빈칸이 커 보였다. 빈칸에 아내의 이름을 적는 상상을 했다. 아이도 그 빈칸에 엄마 이름이 있기를 무척 바랄 거라는 생각을 하니 조금씩 그리움이 차올랐다.

아내는 그토록 사랑했던 아이의 유치원 졸업식도 보지 못했는데 내일 있을 초등학교 입학식도 보지 못할 거라는 생각에 아내가 슬프도록 그리웠다. 아내의 이름으로 채우지 못한 빈칸을 그대로 남겨놓을 수밖에 없지만, 대신 아이와 행복한 추억으로 채우겠다고 다짐했다.

모처럼 양복을 차려입었다. 설레면서도 두려웠다. 긴 겨울을 지나 땅 위로 솟은 풀잎을 바라보는 나무처럼, 결혼식장에 들어서서 한 걸음 한 걸음 발을 내딛는 신랑의 마음처럼 떨렸다. 아이 손을 잡고 학교 안으로 들어갔다. 아이의 학교는 서울대공원으로 가는 길목에 있었다. 길 양 옆으로 나무들이 줄지어 서 있었다. 아이도 저 나무들처럼 친구들과 어깨를 나란히 하며 커가기를 바랐다.

서울대공원으로 산책을 갈 때마다 지나쳤던 학교였다. 아이가 입학을 하기 전에는 그 학교 안 운동장이 아이들이 뛰노는 소리로 가득 차 있다는 걸 미처 알아차리지 못했다. 그저 나와는 상관없는 먼 공간이라고 생각했었다. 아이가 다닐 학교라고 생각하니 더 이상 무심코 지나칠 수가 없었다. 자세히 보니 예뻤고 아이들의 함성마저 사랑스러웠다.

초등학교에 입학한 지 사흘째 되던 날, 옷을 챙겨입으며 아이와 함께 등교 준비를 하는데 민호가 말을 걸었다.

"학교 혼자서 갈래."

아이의 목소리는 단호했다. 잠시 얼어붙었다. 갑자기 왜 그럴까. 엄마가 아닌 아빠여서 함께 등교하기 싫은 건가. 상담심리학에선 상대가 어떤 상태인지 생각할 때 대개 나의 마음이 드러난다고 했다. 그러니까 상대가 불안해 보이면 내가 불안한 것이고, 상대가 편안해 보이면 내가 편할 때가 많았다. 그러니 사람들을 아름답게 보는 사람은 상대가 아름답기보다는 자신이 따뜻한 사람인 경우가 많았고, 어떤 상황에서 불안을 느끼면 그 상황이 불안한 상황이라기보다는 자신의 마음이 쉽게 긴장하고 불편한 경우가 대부분이었다.

'오히려 혼자서 학교에 갈 자신이 있어서 하는 말일 수도 있잖아?'

아이에게 물어봤다. 아이의 감정과 내 마음이 같은지 다른지 확인하려면 상대에게 직접 묻고 답을 들어야 했다. 아이는 혼자서도 등교를 잘할 수 있을 거라고 확신했다. 혼자서 할 수 있다는 말을 여러 번 강조했다. 새로운 도전을 하겠다는 아이의 뜻을 거스를 수 없었다.

학부모가 된 후로는 미처 과거에 보지 못했던 것들이 보였다. 아이의 눈높이로 세상을 바라보면 세상은 거대하고 위험했다. 아파트 단지 안에서 지나가는 자전거와 자동차도 무척 크고 빨랐다. 어떻게 할까, 잠시 고민하다 아이 뜻에 따르기로 했다.

"그래. 그렇게 해."

그렇다고 내 불안이 사라지는 건 아니었다. 민호는 자기 몸의 절반쯤 되는 책가방을 메고 집을 나섰다. 아이가 스스로 가고자 했으니 아빠는 아이의 뒤를 따라가기로 했다. 멀리 떨어져 학교를 향하는 민호를 바라봤다. 작은 발을 앞으로 사뿐사뿐 옮겼다.

아이의 눈이 앞을 향하기를 바랐지만 그건 아빠의 바람일 뿐이었다. 왼쪽 오른쪽 위아래. 아이는 학교를 가는 건지 산책을 하는 건지 구분할 수 없을 정도로 두리번거렸다. 걷는 속도가 날리 없다. 길을 걷다 멈추고 잠시 몸을 굽혀 땅을 쳐다봤다. 아이는 세밀한 눈을 지녔다. 어른 눈에 보이지 않는 작은 장난감 총알이나 눈에 잘 띄지도 않는 벌레를 찾아내고는 마치 사막에서 오아시스를 발견한 것인 양 좋아했다.

초등학교로 가는 길엔 아파트 단지 안 편도 1차선의 좁은 자동차 도로 하나가 있다. 입학 전부터 조심해야 할 도로라며 함께 건너는 연습을 했던 곳이었다. 민호는 그 앞에서 잠시 선 채로 고개를 몇 차례 두리번거렸다. 그러고 나서 앞으로 걸어나갔다.

학교 가는 길의 가장 큰 고비를 넘겼다. 자동차 도로를 건넌 아이는 무슨 생각이 들었는지 갑자기 달리기 시작했다. 왜 뛰지? 가끔은 아이의 머리 안으로 들어가고 싶다. 예상할 수 없는 질문과 예상할 수 없는 행동들이 불쑥 튀어나올 때 특히 그랬다. 뛰어가는 아이를 따라 같이 뛰었다.

민호는 아파트 단지를 벗어나 서울대공원으로 가는 산책길을 걷기 시작했다. 이제 차 걱정은 없었다. 길 양 옆으로 줄지어 선 나무들과 학교를 향하는 초등학생들이 보이자 이제야 안심이 됐다. 책가방을 멘 아이의 뒷모습이 눈 안으로 들어왔다. 파란색 책가방은 아이의 엉덩이까지 덮을 만큼 컸다. 실내화 주머니는 땅에 거의 닿은 채 끌렸다. 겨울 코트 모자는 유난히 작은 아이의 머리를 감싸고 있었다. 어린아이가 혼자서 학교를 갔다는 생각이 들자 흐뭇함과 뿌듯함이 밀려왔다. 하늘을 처음 날기 시작한 어린 새를 바라보는 아빠 새의 마음을 알 것만 같았다.

"아빠!"

학교를 마친 아이가 문을 열고 집 안으로 들어왔다. 하굣길에도 아이를 지켜보다가 아이가 도착하기 직전에 집 안에 들어왔다. 큰 소리로 아이 이름을 불렀다.

"민호야!"

아이는 현관에 들어서자마자 책가방과 신발주머니를 마루 한가운데로 던졌다. 털썩.

"혼자서 학교 잘 다녀왔어?"

아이는 별다른 반응을 보이지 않았다. 아빠의 들뜬 목소리에 아이는 그게 뭐 대수냐는 듯 아빠를 지나쳐 자기 방 안으로 들어가자마자 장난감을 찾았다. 등굣길에 데려다주는 사람이 엄마가 아니라 아빠였기 때문에 학교를 혼자서 가기로 결심했을 거란 생각은 아빠만의 걱정이었다.

메모장을 펼치고 펜을 들었다.

'3월 4일. 아이 스스로 학교에 간 날.'

7.
아침 전쟁

어렸을 때 가장 듣기 싫었던 것 중의 하나가 잠을 깨우는 소리였다. 이제 그 싫은 소리를 내가 아이에게 했다.

"민호야, 일어나. 학교 갈 시간이야."

아침에 일어나라는 부모님의 재촉에 난 오히려 머리를 이불 안으로 깊숙이 집어넣었다. 원래 아침잠이 많았던 유년 시절에 이불이 유독 더 포근하게 느낀 기억이 아이를 깨우면서 떠올랐다. 그래도 이렇게 깨우지 않으면 아이는 지각이다. 잠을 깨우는 부모님의 심정을 이해하기까지 30여 년의 시간이 필요했다. 하긴, 어머니가 그랬다. 너도 자식 낳고 키워봐야 부모 심정을 안다고.

학교를 들어가기 전 민호가 지켜야 할 시간은 취침 시간이 전부였다. 하지만 민호는 투정 섞인 질문을 자주 했다.

"아빠, 사람은 왜 잠을 자야 해?"

잠자는 시간 때문에 놀 시간이 줄어든다는 게 어린 민호에겐 큰 고민이었다. 뛰어다니고 장난감을 만지작거리고 때로는 지나가는 벌레를 오랫동안 지켜보던 아이에게 잠을 잔다는 건 무척 비효율적인 일이었다. 민호는 잠들기 직전까지도 더 놀아야 한다며 아쉬움을 말로 달랬다. 그런 투정도 몰려오는 졸음 앞에선 어쩔 수 없었다.

다시 민호를 깨웠다. 일어나, 이제 학교 갈 시간이야. 아이는 아무런 말이 없다. 입학하면서 민호가 아침부터 들어야 하는 소리는 다급한 아빠의 목소리였다. 민호는 듣기 싫은 소리를 대처하는 자기만의 방식이 있었다.

"민호야, 일어날래?"

"……"

"민호야, 밥 차렸어."

"……"

물론 아빠도 아빠 나름의 깨우는 방식이 있다. 큰 소리.

"야, 강민호! 지금 8시야!"

목소리가 점점 커지면 아이의 몸이 움직이기 시작했다. 그 움직임은 오래가지 않았다. "아빠 지금 몇 시야?" 하더니 거실로 나가자마자 소파에 엎드렸다. 장소만 바뀌었지, 내 눈엔 침대나 소파나 똑같아 보였다.

"민호야, 아침 먹자."

"……"

다시 말이 없었다. 민호는 엎드려 쿠션으로 머리를 받치고 두 손을 그 아래로 집어넣었다. 세상에서 가장 먼 길은 머리에서 가슴으로 오는 길이라고 했건만, 아침마다 내가 느끼는 가장 먼 길은 아이가 침대에서 식탁까지 오는 길이었다.

아침을 먹자고 한 건 아이가 바로 일어나 식탁으로 오지 않을 걸 염두에 두고 미리 한 말이었다. 계속 소리치면서 반찬 하나하나를 냉장고에서 꺼냈다. 다 꺼내 식탁 위에 올리면, 이제 더 이상 아이와 타협이 없었다. 마지막 반찬이 놓였다. 탁.

"밥 치운다!"

민호는 밥을 치운다는 의미를 잘 알고 있었다. 그 말이 있고 나면 이내 식탁 위 반찬을 치우는 소리가 났다. 민호는 그제야 소파에서 일어나 식탁 의자에 앉았다. 앉는 건 엉덩이가 해야 할 일이었지만 먹는 건 손가락의 일이었다. 두 손은 무릎 위에서 좀처럼 식탁 위로 올라올 기미를 보이지 않았다. 다시 시계를 보면 시간은 또 저만큼 멀리 갔다. 시계를 보는 토끼를 쫓는 앨리스처럼, 아침마다 아빠는 시간이란 토끼를 쫓는 앨리스가 됐다.

손이 움직이기 시작했다. 한 수저, 두 수저. 그리고 들려오는 아이의 말.

"아빠, 그만 먹을래."

성적과 음식의 공통점은 노력과 기대하는 성과 사이엔 인내의 시간이 필요하다는 점이었다. 매일 음식 만드는 숙제를 한다고 하루아침에 아빠의 손맛이 할머니의 손맛을 따라잡을 수는 없다. 아이에게 밥을 더 먹이고 싶었지만 시간은 우리를 기다려주지 않았다. 입고 갈 옷을 소파 위에 놓으며 식탁을 치웠다.

겨우 밥을 먹은 아이는 이제 소파 대신 자기 방을 찾았다. 아이 방에는 장난감 꾸러미가 있었다. 아이에게 서두르라고 말하려다 멈췄다. 생각해보면 아이는 서둘러야 한다는 사실을 이미 잘 알고 있을 것 같았다. 밥을 먹고 나서는 5분 간격으로 아이에게 시간을 알려주었으니까.

아이가 책을 집중해서 보는 습관이 있다면 대다수 부모가 좋아할 일이겠지만, 그 책을 보는 시간이 등교 시간이라면 그렇게 좋아할 만한 일은 아니다. 책을 보는 장소가 책상 앞이 아니라 화장실 안이라면 더더욱 신경이 쓰였다. 아침을 먹고 난 뒤 배에서 신호가 오면 민호는 적나라하게 자신의 상태를 알렸다.

"아빠, 똥 마려워."

화장실 문 앞엔 바지와 속옷이 뒤집힌 채로 주인을 기다렸다. 책읽기에 한창인 아이가 화장실에서 나올 때까지 얼마의 시간이 걸릴지는 아무도 몰랐다. 회사에서도 화장실을 갈 때면 신문을 들고 가는 선배들이 있었는데 그 선배들 또한 들어가서 나오기까지는 한참의 시간이 걸렸다. 해야 할 일도 많이 밀렸건만.

"민호야, 8시 30분이야."

민호의 집중력이 가장 높은 시간 가운데 하나가 바로 등교 시간에 화장실에서 책 읽는 시간이었다. 화장실 앞으로 다가가 다시 시간을 알렸다.

"민호야, 8시 30분이라니까."

시각을 알릴 때마다 내 목소리는 점점 커져만 갔다. 대개 아빠 목소리가 커지면 아이는 빠르게 움직였지만 등교 시간만큼은 달랐다. 책을 읽던 아이는 "알았어" 한 마디를 하고는 느긋하게 화장실에서 못다 한 일을 마무리했다. 화장실에 오래 있으면 병에 걸린다는 위협까지 주었지만 습관은 좀처럼 바뀌지 않았다.

"민호야, 지금 학교 가지 않으면 늦는다. 그리고 이게 아빠 마지막 말이야."

아빠는 마지막 경고를 했지만 민호에겐 아직 할 일이 많이 남아 있었다. 이를 닦아야 했고, 옷도 입어야 했고, 그리고 책가방을 챙겨야 했다.

"아빠, 몇 시야?"

"8시 30분."

"에엥? 벌써?"

벌써라니. 5분 단위로 말해주었건만.

"옷 거꾸로 입었거든."

민호는 급하게 옷을 입다보면 바지 뒷주머니가 앞으로 오기도 했다. 바쁠 때엔 말이 없는 건 아이나 어른이나 마찬가지다. 소파를 사랑하고 장난감과 떨어지지 않았던 민호는 그제야 빠르게 손과 발을 움직였다. 후다닥. 후다닥.

"아빠, 다녀올게."

"이는 닦았니?"

"아니, 점심시간에 닦을게."

"민호야, 썩은 이 본 적 있지?"

잠깐의 침묵. 이 닦는 걸 싫어하는 민호를 옆에 두고 가끔씩 인터넷으로 충치가 있는 이 사진을 보여주었다.

"점심에 꼭 닦을게."

"민호야, 알림장은 잘 챙겼니?"

다시 잠깐의 침묵.

"알림장 꺼내봐봐."

이제 시계를 쫓는 앨리스는 아빠가 아닌 민호가 됐다.

"아빠, 진짜 학교 다녀올게."

"응, 잘 다녀와."

그렇다고 아이가 매번 지각을 한 건 아니었다. 몇 차례 된통 지각을 한 다음부터는 그런 일이 거의 없었다. 지각을 하도록 내버려두기가 쉽지는 않았지만 자전거도 넘어지며 배운다는 생각으로 꾹 참아냈다.

다만 시간을 꼭 맞춰 등교하는 모습이 못마땅했다. 5분 정도 일찍 움직이면 좋겠다는 게 아빠의 바람이었지만 지각을 하지 않으면 그만 아니냐는 아이의 말에 딱히 반박할 수가 없었다. 어느새 아빠의 바람은 불만으로 바뀌었고 그 불만은 차곡차곡 쌓여 한꺼번에 터져나오기도 했다.

"너 혼자 시계 보고 너 혼자 준비물 챙겨 가!"

초등학교 1학년이 제시간에 몸을 움직인다는 건 무척 어려운 일이다. 아이는 등교 시간뿐만 아니라 일상생활 대부분에서 서툴렀다. 조금 과장해서 표현을 하면 밥을 먹을 때도 입에 들어가는 밥알과 식탁 위로 떨어지는 밥알의 개수가 크게 다르지 않았다. 옷은 겉과 속을 완전히 뒤집어서 벗어놓았고, 전날 세탁해 향기 나는 바지를 입혀 보내면 무릎 주변이 흙투성이가 되어 학교에서 돌아오곤 했다. 그늘에서 말려야 하는 운동화는 다시 신으려면 오랜 시간이 걸렸지만 운동화를 더럽히는 방법은 매우 간단했다. 모래놀이 한 번이면 운동화는 모래를 가득 머금은 옛 모습으로 금방 돌아갔다.

따지고 보면 아이가 잔소리를 들어야 할 일은 눈을 뜨면서부터 자기 직전까지 계속됐지만 아이니까 그럴 수도 있다는 생각이었다. 민호는 이제 고작 여덟 살이었으니까. 하지만 아침에 늑장을 부리는 모습을 보고 있자면 '시간은 초등학교 1학년이라고 해서 특별히 배려를 해주지는 않는다'는 생각이 더 앞섰다. 그러니까 그 순간만큼은 민호의 모습이 아이로 보이지 않았던 셈이었다. 그게 좀 이상했다. 왜 아이의 다른 실수는 너그럽게 받아들이면서 유독 등교 시간에 서두르지 않는 아이의 모습을 참지 못하는지 말이다.

아이를 학교 앞까지 데려다주고 오는 길에 마침 친하게 지내던 이웃 형을 만났다.

"루카, 마침 잘됐다. 이리로 와봐."

성당에서 알게 된 그 형은 나를 부를 때 세례명으로 이름을 대신했다. 최근 들어 형이 아이들을 맡겨 함께 글쓰기 수업을 진행했다. 형은 아이들이 어떻게 수업을 받는지를 궁금해했다. 유독 막내아이가 걱정이라고 말했다. 이야기를 들어보니 사정이 나와 비슷했다. 너무 느리다는 아빠의 불만.

그 아이의 꿈은 다름 아닌 농부였다. 농부인 이유를 물었더니 자연이 좋기 때문이라고 했다. 자연을 말할 때마다 맑은 눈동자를 반짝이며 환하게 웃음을 지어 보였다. 그 아이는 흙을 밟는 게 좋다고 했다. 그 모습이 때묻지 않은 순수함을 고스란히 간직한 소년 같아 무척이나 예뻐 보였다. 자연을 닮은 아이라면 움직임이 빠른 것보다는 느린 게 당연한 일이었다. 그 아이는 글을 쓸 때도 창밖의 나무와 잠깐 풀밭에 머무는 새들을 바라봤다. 다른 친구들이 글을 완성했을 때, 글을 절반도 쓰지 못했지만 그래도 그 아이만의 속도를 억지로 바꾸고 싶지는 않았다.

형이 막내아들 이야기를 하면 할수록 바로 형 자신의 이야기인 듯했다. 우리 집 뒤편에는 풀이 난 작은 공터가 있었는데 그 공터에 보관된 빨간색 카누의 주인이 바로 그 형이었다. 유흥과는 거리가 먼 형도 유독 자연을 좋아해 주말이면 차 위에 빨간 카누를 싣고 급류를 찾아다녔다. 집에만 머무르기를 좋아하는 내가 답답해 보였는지 한번은 나를 억지로 잡아끌어 1박 2일 캠핑을 한 날, 형이 모닥불을 바라보며 혼자서 조용히 했던 말이 기억에 오래 남았다.

"루카, 난 아무런 생각 없이 이렇게 조용히 차를 마시는 게 좋더라."

여행을 좋아하는 형은 전날 과음을 한 날엔 차를 몰고 늦게 출근하곤 했다. 그렇게 형과 막내아이는 꼭 닮아 보였다.

"이야기를 들어보니까 형 이야기 같아요."

형은 하던 말을 멈추었다. 그러더니 씁쓸한 웃음을 지으며 농담을 건넸다.

"루카, 너 나 안 보려고 그러니? 그러면 걔가 나를 닮아 그랬다는 거니? 하하하."

웃어도 웃는 게 아닌 웃음.

그 웃음소리를 들으면서 이른 아침 유난히 예민했던 나의 모습이 보였다. 아이가 시간에 꼭 맞춰 몸을 움직이는 모습은 바로 내가 보기 싫어하는 나의 모습이었다. 어렸을 때부터 넌 왜 시간을 꼭 맞춰야만 움직이느냐고 부모님한테서 꾸중을 들었는데, 그 습관은 나이가 든 이후에도 고쳐지지 않았다. 그래서 약속 시간에 미리 나가 누군가를 기다리기보다는 꼭 그 시간에 맞춰가거나 조금 늦어 미안하다는 아쉬운 소리를 하는 내 습관을 답답해했다. 세금을 내야 하는 날짜를 차일피일 미루다 납기를 넘겨 연체료를 물어야 하는 일도 많았다.

아이를 보며 답답했던 건 아이의 모습이 아니라 바로 나의 모습이 답답해서 그랬던 셈이었다. 이유 없이 누군가가 미워질 때, 그 미움은 상대에게서 온 것이 아니라 바로 내 안에서 온 것이라 했다. 그러니까 별다른 이유가 없거나 유독 특정한 사람이 밉다면 그 미움은 상대가 아니라 바로 나의 모습이다. 나를 먼저 되돌아봐야만 했다. 나의 과거를 용서하지 않거나 나의 모습을 인정하지 않으면 상대도 밉고 용서가 되지 않으니까.

아이가 유치원생일 때는 9시 반쯤 집 앞으로 유치원 차가 왔지만 초등학생이 되었으니 이제 직접 걸어서 학교에 가야만 했다. 몸만 간다면 그래도 괜찮겠지만 아이는 허리 아래까지 내려오는 가방을 메고 한 손에는 땅에 닿을 듯 말 듯 신발주머니까지 끌고 다녔다. 달라진 건 등교 시간뿐만이 아니었다. 학교에 가면 한자리에 40분씩 앉아 있어야 했고, 앉아 있는 시간 동안엔 수업을 들어야 했다. 하교 시간이면 스스로 걸어서 집으로 돌아와야 했다. 아이에게 초등학교란 지금까지 경험하지 못했던 일들을 스스로 해야만 하는 곳이었다.

아침마다 아이를 위해 할 수 있는 것이 무엇인지를 놓고 그 사이에서 갈팡질팡했다. 화를 낼까. 손을 잡아 끌고 집 밖으로 나설까. 금방 효과는 있겠지만, 그러면 아이는 내가 화를 내고 손을 잡아 끌 때까지 움직이지 않을 것 같았다. 그냥 지켜봤다. 스스로 변화하기를 바라면서. 인내의 한계가 오면 저 아이는 성인이 아닌 열 살도 안 된 꼬마임을 떠올렸다.

그렇게 생각을 바꿔도 때때로 마음은 쉽게 달라지지 않았다. 지각을 해서 선생님에게 혼나기도 하고 친구들로부터 나쁜 평가를 받는 걸 상상하면 아이가 안쓰러워야 하지만 오히려 화가 났다. 성적이 떨어지면 화를 내는 부모처럼. 그럴 때면 그 형이 떠

올랐다. 그러면서 속삭였다. '보기 싫은 아이의 모습은 보기 싫은 나의 모습이야.'

8.

학교 가기 싫은 날

두발자전거를 잘 탄다고 자신할 즈음이면 크게 넘어지는 것처럼, 아이의 학교생활에 대한 걱정이 사라질 즈음 아빠 마음이 철렁거리는 말이 들려왔다.

"아빠, 학교 가기 싫어."

성적 스트레스가 있을 만한 나이도 아니고 그렇다고 사랑의 상처를 받을 만한 나이도 아닌데 학교를 가기 싫다니, 벌써 사춘기인가. 사춘기 아이들은 때때로 부모 속을 뒤집을 목적으로 말을 하기도 하던데 민호가 그러기엔 아직 어렸다. 이유를 물었다.

"친구가 괴롭혀."

그 말에 순간 걱정과 불안이 올라왔다. 민호는 부모를 닮아 키가 작았다. 아내와 연애를 할 때 둘이서 길을 걸으며 만화 '스머프'에 나오는 노래를 흥얼댈 만큼 우리 부부의 키는 평균보다 작았다. 아이가 작아서일까. 아니면 엄마가 없어 놀림을 받나. 머릿속이 복잡하게 엉클어졌다.

"누가 괴롭히니?"

생각해보니 민호가 주로 만나는 사람은 어른이 아니라 아이들이었다. 어린아이들이 TV에 나왔다고 민호를 알 리가 없었다. 그렇다고 아이가 학교에 가기 싫어하는데 모른 체 할 수도 없는 노릇이었다. 민호를 괴롭히는 아이가 누구인지 알고 싶었다. 하지만 아이는 별다른 말이 없었다.

"그래서 무슨 일이 있었니?"

아이가 부담스럽지 않도록 가벼운 목소리로 다시 물었다.

"아니야."

아니라니. 듣고 싶은 이야기가 많았는데 민호는 아무것도 아니라는 듯 말문을 닫았다. 아빠의 불안을 느꼈나. 아니면 숨은 분노를 파악했나. 심리상담에선 침묵을 매우 중요한 시간으로 여긴다. 침묵은 여러 의미가 있는데 그 가운데 하나는 적어도 자신이 속내를 털어놓을 만큼 상대를 신뢰하지 않을 때 하는 행동이다. 상대가 침묵할 때 그 침묵을 견딜 수가 없어 말을 거는 건 상대를 위한 마음이 아니라 바로 나를 위한 마음이다. 궁금한 걸 알고 싶어하는 마음. 듣고 싶은 말을 상대가 하지 않을 때, 내가 나를 위한다면 쉼 없이 상대에게 질문을 하며 답을 얻어내겠지만 상대를 위하는 마음이라면 일단 기다려야만 한다.

아이가 자신의 고민을 말하지 않는 걸 보니 적어도 아빠에게 말을 할 만한 상황이 아니라고 판단을 한 것 같았다. 아니면 아빠가 자신이 원하지 않는 반응을 할 것이란 생각이 들어도 고민을 말하기 어려울 테다. 입 밖으로 꺼내기 힘들다는 신호. 그 신호를 알아차리지 못하고 질문을 하면 아이와 나는 더 멀어질 것만 같았다. 생각만 복잡했던 아침식사를 마치고 아이에게 물었다.

"오늘은 아빠랑 같이 학교에 갈까?"

민호는 "그래" 하고 대답을 했다. 모처럼 함께 집을 나섰다. 그동안 혼자서 등교하도록 한 게 미안했다.

"가방 들어줄까?"

작지만 아이에겐 큰 가방을 아이는 아빠에게 건넸다.

"안녕하세요!"

"안녕, 민호야."

아이는 다시 몇 걸음을 간 뒤 사람들에게 인사했다. 아이의 밝은 인사 소리를 듣자 무거웠던 마음이 한결 가벼워졌다. 학교를 가기 싫다고 말한 아이는 학교를 가면서 막 피어나는 봄 새싹을 보며 다시 즐거워했다. "우와!" 하는 감탄사가 흘러나오기도 했고, 자기 곁으로 와 보라며 손짓을 하기도 했다. 등교를 하는 동안에도 등교는 관심 밖이었다. 시간 밖에서 사는 아이는 그래서 무엇을 보든 쉽게 몰입했고 깊이 느꼈다.

어른인 나는 목적지를 향해 직진을 했지만 아이는 주변 하나 하나를 세심하게 살폈다. 자연을 닮은 아이들은 자연의 작은 변화도 잘 알아차렸다. 아이가 멈추면 옆에서 나란히 멈춰서 나뭇가지에 돋아난 새싹을 바라봤다.

"학교에서 누가 스트레스를 주니?"

신이 난 아이에게 다시 질문을 했다.

"민찬이가 뒤에서 자꾸 나를 쳐."

"민찬이가 누군데?"

"내 뒤에 앉는 앤데 자꾸 나를 귀찮게 해."

일단 이름을 기억했다.

"민찬이가 너보다 더 크니?"

"아니. 나보다 더 작아."

괴롭히는 상대가 몸집이 더 작다면 안심을 해야 했지만, 오히려 그 말에 화가 났다. 자신보다 더 작은 아이에게 밀리면 어떻게 하느냐 싶어 답답해졌다.

"하지 말라고 했어?"

당연한 질문에 아이는 당연하게 대답했다.

"당연하지."

"그런데 계속해?"

"계속 뒤에서 나를 괴롭혀."

그러면서 민호는 손가락으로 내 등을 눌렀다. 마치 여보세요, 나 여기 있어요, 말하는 것처럼 작은 손가락으로 내 등을 콕 찔렀다.

"계속 이렇게 찌른단 말이야."

아마 민호 뒤에 있던 아이는 민호와 말을 하고 싶었을 수도 있고, 장난을 거는 행동일 수도 있을 텐데 그걸 민호는 괴롭힘으로 해석했다. 난 또 뭐라고. 남자 중학교에 남자 고등학교에 대학까지 남성성이 강한 학교를 다닌 탓에 학교 폭력을 생각했었는데 아이 설명을 들은 뒤 오히려 안심이었다. '민호야, 그건 네가 좋아서 그럴 수도 있는 거야' 하고 말을 하려다 멈췄다. 아이는 괴롭다고 하는데 그게 괴로운 행동이라기보다는 좋은 행동일 수 있다고 말하는 순간 아이는 어렵게 꺼낸 이야기를 멈출 것만 같았다.

아이가 하는 말을 끊지 않은 채 듣기로 했다. 아이를 더 이해해야만 했으니까. 이해하기 위해서는 시간이 필요했다.

"수업 시간이니까 앞을 봐야 하잖아. 그런데 자꾸 뒤에서 찌르면 나는 계속 뒤를 돌아봐야 하잖아. 그러면 앞을 볼 수가 없잖아."

"그래서 괴롭힌다고 생각을 했구나."

"그렇지. 내가 싫은데 계속 그러니까 짜증이 나."

상상해보니 그럴 만도 했다.

"선생님에게 말을 하면 되잖아. 얘가 괴롭힌다고 말이야."

아이는 기다렸다는 듯 대답했다.

"그러면 고자질쟁이가 되란 말이야?"

그렇게 아이는 괴롭힘과 고자질 사이에서 고민이 컸다. 아이가 힘겨운 이유는 불편한 상황이 계속되지만 해결할 방법을 찾지 못해서였다.

"그럼 경찰에 신고하는 사람은 다 고자질쟁이겠네?"

"응? 무슨 소리야?"

"사람들이 잘못한 사람을 경찰에 신고하면 신고한 사람들은 다 고자질쟁이겠다고."

누군가 자신을 불편하게 하는데 스스로 해결이 안 될 때 도움을 청하는 건 고자질이 아니라고 민호에게 설명을 했다.

아이를 잘 이해하기 위해선 아이의 말을 잘 들어야만 했다. 잘 듣는다는 건 내 경험과 내 지식이 내리는 순간적인 판단을 모두 멈춰야 가능했다. 아이 말을 들을 때 판단을 하는 순간, 아이와 부모 사이엔 이해를 막는 벽이 하나씩 생겨났다. 너는 틀리고 나는 맞다는 판단의 벽. 판단을 하지 않겠다는 건 온전히 너를 받아주겠다는 의지의 표현이기도 했다. 그 판단에 옳고 그름은 없다. 오직 말을 하는 한 사람만 있을 뿐이다.

그래서 누군가의 말을 온전히 다 들을 수 있는 건 나를 지울 때 가능했다. 그러면 그가 겪은 상황이 떠오르고 그 순간 그의 느낌이 전해지기 마련이다. 문제 해결보다 상대를 이해하는 일이 먼저였다. 가끔 아내가 불평을 할 때 남편이 원인을 분석하거나 판단을 하면 전쟁의 서막이 오르는 것처럼, 부모와 아이와의 대화도 마찬가지일 것 같았다.

들을 때 주어는 모두 '나'가 아닌 '너'가 된다. "나는 그랬다"라는 아이의 말을 들으면 듣는 부모는 자연스럽게 "너는 그랬구나" 하고 생각한다. 가끔씩 아이를 판단하고 가르치려고 하는 충동이 일어날 때면, 사람들의 고민을 들어주며 사랑을 받았던 소설 속 주인공 '모모'를 떠올렸다.

민호는 자신의 고민을 선생님에게 털어놓았고 더 이상 학교를 가기 싫다는 말을 하지 않았다. 언젠가 민호에게 아빠 말고 자신의 말을 할 수 있는 친구들이 많았으면 좋겠다. 그러면서 친구들의 말도 잘 들어주는 그런 아이로 컸으면 좋겠다. 민호의 별명이 '모모'이기를 소망했다. 그리고 그 소망은 아이의 소망이 아닌 그저 아빠의 소망일 뿐이라는 사실도 기억하기로 했다.

9.

산수시험

"시험 어떻게 봤어?"

초등학교 저학년은 수행평가란 이름으로 간단한 시험을 수시로 봤다. 산수시험이 있던 날, 학교에서 돌아온 아이에게 물었다. 어렸을 때는 왜 부모님이 당신들의 성적도 아닌 내 성적에 그다지도 관심이 많은지 이해할 수 없었다. 그런 관심이 때로는 부담스럽고 때로는 거부하고 싶었지만, 부모가 되어보니 아이의 성적표는 마치 부모로서 평가를 받는 성적표처럼 느껴졌다. 지금 당신의 육아 점수는 몇 점이라고 알리는 것처럼.

아이는 다짜고짜 산수시험부터 이야기를 꺼냈다.

"아빠 나 산수시험 문제 틀린 게 이상해."

목소리엔 화남과 억울함이 뒤섞였다.

"아무리 봐도 맞는데 '샘'이 틀렸대."

어느 날부터 민호는 '선생님'이란 단어를 줄여 '샘'이라고 부르기 시작했다.

아이가 책가방에서 시험지 한 장을 꺼냈다. 평소에 시험을 못 봤다고 내가 뭐라고 그런 적이 있었던가. 아니면 은근히 성적이 잘나오면 좋겠다는 아빠의 바람을 눈치를 챘나. 아이가 씩씩대는 모습에 잠깐 지난 내 모습을 되돌아보다가 시험 문제를 같이 들여다봤다.

'다음 중 나머지와 다른 수를 고르시오.'

보기에 나오는 여러 숫자 가운데 다른 숫자 하나를 고르는 문제였다. 보기를 하나씩 살펴봤다. 첫번째 보기엔 '예순아홉'이라고 쓰여 있었다. 두번째 보기엔 '70보다 1 큰 수'라고 나와 있었다. 1번은 69를 가리켰고 2번은 71이었다. 벌써 서로 다른 수가 나왔다. 둘 중에 하나가 답이구나라는 생각을 하며 3번을 들여다봤다. '79보다 10 작은 수'라고 적혀 있었다. 79보다 10이 작으면 69이니 답은 벌써 알 수 있었다. 71을 가리키는 2번이 답이었다. 나머지 보기도 살펴봤다. 4번과 5번 모두 숫자 69를 가리켰다.

민호가 물었다.

"아빠 내 답이 왜 틀려?"

"뭐라고 썼는데?"

"1번은 '예순아홉'이니까 69지."

"응."

"2번은 '70보다 1 큰 수'라고 했으니까 71이지?"

"응."

"3번은 '79에서 10 작은 수'니까 69, 맞지?"

응? 알고 있었잖아.

"4번과 5번도 69야. 그러니까 답은 71이지?"

응. 맞는데.

"아빠, 맞지?"

"응, 맞아."

"그런데 내가 틀렸대."

민호는 보기에 나타난 숫자 하나하나를 잘 이해하고 있었다. 정확히 알고 있는데 왜 틀린 거지. 민호 시험지를 다시 들여다봤다. 민호는 답을 적어야 할 빈칸에 71이라고 적었다. 객관식으로 써야 할 답 '2' 대신 '71'이라고 써놓은 것이다.

"아빠 맞지? 내가 71이라고 적었는데 내가 틀렸대."

아이 목소리와 눈빛엔 억울함이 가득했다.

어떻게 가르쳐줄까나. 재미있게 설명을 해줄까. 아니면 부드럽고 따뜻하게 말해줄까. 아니면 논리적으로 차근차근 이해를 시켜나갈까. 민호가 어려워하는 문제가 오히려 내겐 기회처럼 느껴졌다. 좋은 선생님으로 인정받을 수 있는 기회. 아이에게 물었다. 아이가 잘 이해할 거라는 바람을 담아서.

"민호야, 다른 문제의 답하고 네가 틀린 답하고 뭐가 다르니?"

"뭐가 다르다니?"

"이 문제는 답을 1번이라고 썼네."

"……"

잠시의 침묵. 그리고 들리는 소리.

"아!"

빙고. 민호는 자신이 왜 그 문제를 틀렸는지를 스스로 찾아냈다. 몇 마디 질문으로 아이가 스스로 답을 찾도록 안내한 나는 괜찮은 선생님인 것 같았다. 아빠로서가 아니라 선생님으로서 뿌듯했다.

한참 지나 당시 일을 생각해보니 민호가 자신이 틀린 이유를 알았다고 해서 자신의 기분까지 바뀌지는 않았을 것만 같았다. 민호가 정말 바라던 건 자신이 산수 문제를 틀린 이유가 아닐 수도 있겠다는 생각이 스쳐지나갔다. 욕심이 많은 민호는 문제를 틀렸다는 사실에 억울하고 화가 났을 수도 있을 테니까. 난 틀린 문제를 가르쳐줄 욕심에, 좋은 선생님으로 인정받고 싶은 마음에 아이가 정작 듣고 싶은 말과 마음을 주지 않았다는 생각이 들었다. 가끔씩 '시간 조망'을 하면서 내가 아이에게 어떤 말과 어떤 행동을 해야 할지 점검을 하곤 했는데 그날엔 그런 생각마저 까맣게 잊어버렸다.

시간 조망. 심리학에서 시간 조망이란 한 사람이 자신의 먼 미래를 보는 관점을 가리켰다. 어떤 이들은 10년 뒤의 자신의 모습을 그리며 오늘을 살고 어떤 이들은 20년 뒤의 자신의 모습을, 어떤 이는 훨씬 더 먼 자신의 미래를 그리며 생활을 한다. 시간 조망이 중요한 건 몇 년씩 앞당겨 좀 더 가까운 미래를 떠올리다보면 오늘의 내 모습이 어떤 의미가 있는지, 또 내가 원하는 방향으로 가고 있는지를 점검할 수 있기 때문이다. 시간 조망 없이 하루하루를 사는 사람은 어느 순간 지난 자신의 삶과 시간을 후회하면서 인생의 방향을 잃어버렸다는 생각에 깊은 고통에 빠지기 쉽다.

내 시간 조망은 15년쯤 뒤로 맞춰져 있었다. 나는 대학생이 된 민호와 함께 웃으며 밥을 먹는 모습을 가끔씩 상상했다. 민호가 계란 프라이를 하면 머리에 제법 흰 머리가 생긴 내가 식탁에 앉아 젓가락과 밑반찬을 놓으며 아침 준비를 하는 모습을 떠올리곤 했다. 그 식탁엔 나와 민호 말고 다른 사람은 없다. 단 두 사람. 15년 뒤 시간 조망 속에 아이와 난 그렇게 달콤한 아침을 맞이한다.

시간을 5년쯤 앞당기면 아이는 중학교 3학년이다. 아이는 아빠에게 고민을 털어놓고 있다. 계단에 앉아 내가 아이의 말을 들어준다. 엄마가 보고 싶다는 이야기, 친구들의 고민, 그리고 몸이 크면서 이성을 향한 관심이 늘었고 아빠 몰래 야한 동영상을 본 고백까지, 나는 민호가 친한 친구에게 말을 하는 것처럼 아빠에게도 깊은 고민을 털어놓는 미래를 바라고 있었다.

다시 시간을 5년쯤 앞당겨 아이가 초등학교 고학년쯤이면 어깨에 카메라 가방을 메고 아이와 함께 도심을 거닐고 있다. 단둘이 조용한 레스토랑에서 피자와 스파게티를 함께 나눠 먹는다. 어렸을 때 입이 간지럽다며 말이 많던 민호는 이날도 아빠에게 도심에서 봤던 평소와 다른 풍경에 한 마디씩 자기 생각을 덧붙여 말을 꺼낸다. 내가 그리던 먼 미래, 그리고 그 미래보다 조금 더 가까운 미래. 다시 그 미래보다 가까운 미래. 그렇게 시간을 먼 미래에서 조금씩 앞당기다보면 내가 오늘 아이에게 무슨 말을 하고 어떻게 행동해야 할지 구체적으로 보였다.

시간 조망을 해보니, 산수 문제를 틀려 아이가 속상해할 때 아빠인 나는 질문을 통해 아이가 오해하는 걸 풀어주기 이전에 아이의 마음을 안아주어야만 했다. 그래야만 아이는 자신의 속마음을 드러낼 것만 같았다.

민호가 산수시험이 있던 날로 돌아가면 아마 그때와는 다른 말을 전했을 것 같다.

"민호야, 많이 속상했지?"

"아빠가 민호라도 정말 억울하겠다."

"민호야, 넌 어떻게 하나밖에 안 틀렸니? 아빠는 너만 할 때 빨간 줄이 여러 개였는데."

난 아이에게 그냥 아빠로 남고 싶었다. 유능한 선생님이 아닌, 아이의 마음을 안아주고 감싸주는 그런 따뜻한 아빠로.

10.
'괜찮아' 대신 '그렇구나'

아이를 키우면서 익숙해진 공간도 변했다. 기자 시절엔 가끔 열변을 토하기 위해 주점을 찾았지만, 육아를 하면서는 아이를 따라 놀이터를 쫓아다녔다. 주점엔 화가 난 사람들이 많이 모여들었고 놀이터는 뛰어노는 아이들로 가득했다. 어둠이 몰려들면 붉은 빛을 내는 주점과 달리 놀이터엔 환한 태양 빛과 푸른 하늘이 가득했다. 주점에서는 사람들이 습관적으로 외치는 '위하여'란 소리가, 놀이터에서는 서로의 이름을 불러대는 아이들의 목소리로 바뀌었다. 세상에서 가장 평화로운 곳을 알려주는 여행지를 선정해 사진까지 올려주는 인터넷 속 친절함이 감사하다가도, 놀이터에 있으면 그런 정보가 얼마나 비효율적인지 느껴졌다. '세상에서 가장 평화로운 곳을 찾으십니까? 때묻지 않은 순수함을 만끽하고 싶으신가요? 그렇다면 휴가 동안 집 앞에 있는 놀이터로 가서 아이들을 바라보세요'라고 제안하고 싶었다.

하지만 놀이터라고 해서 항상 유쾌한 소리만 있는 건 아니었다. 한 엄마가 놀이터 안으로 뛰어 들어갔다. 아이가 땅바닥에 주저앉아 있었다.

"큰 애가 작은 애를 밀면 어떻게 하니?"

엄마는 아이가 놀라지 않았을까 걱정했다. 그러면서 아이를 일으켜 세우며 엉덩이에 묻은 흙을 떨어주었다.

기억에 남은 건 그다음 장면이었다. 아이는 일어나면서 자신을 넘어뜨린 친구를 향해 손을 뻗으며 장난을 쳤다. 얼굴에 웃음이 가득했다. 엄마는 아이가 넘어져 놀라고 속상했겠지만 정작 아이는 웃으며 일어나 자신을 넘어뜨린 친구와 함께 뛰어다녔다. 아이에겐 넘어지고 일어나는 게 놀이였다.

잠깐 한눈을 파는 사이 민호가 울면서 다가왔다. 글썽이는 정도가 아니라 눈물이 뚝뚝 떨어졌다. 찡그린 눈으로 입을 벌린 채 울음소리를 냈다. 민호는 울기 전 친구들과 형들이 축구하는 모습을 꽤 오랫동안 지켜봤다. 축구 경기에 끼지 못한 채 30분 가까이 주위를 서성대던 아이가 결국 설움이 복받쳤다.

"아빠, 형들이 나 축구에 안 끼워준대."

아이들은 남의 입장에서 생각하는 게 서툴다고 했다. 예전 같았으면 화를 낼 수도 있었겠지만 지난 1년 6개월의 시간은 아빠를 차분하게 만들었다.

민호는 무조건 형들 탓으로 돌렸다. 30분 가까이 서성였지만 자신을 끼워주지 않았던 친구와 형들. 사정도 해봤지만 아이가 들었던 대답은 거절이었다.

"왜?"

"몰라. 이유 없이 그냥 안 끼워준대."

민호가 울기 전부터 축구 경기엔 끼기 어려울 것 같았다. 두 팀이 세 명씩 짜여 들어갈 틈이 없다는 걸 일찌감치 알 수 있었다. 어떤 말을 해야 할까. 어떤 말을 아이에게 건네야 할까.

심리상담을 받기 전에는 아이를 위로하기 위해 자주 했던 말이 "괜찮아"였다. 하지만 '괜찮아'란 말이 때로는 상대를 무척 불쾌하게 하거나 화를 돋우기도 한다는 걸 배웠다. '괜찮아'란 말을 풀어보면 '나는 네가 괜찮기를 바라' 또는 '그건 속상한 상황이 아니라 괜찮은 상황인 거야'라는 말일 테다. 그러니까 자신의 바람만이 담겨 있다면 상대의 감정엔 무관심한 태도를 지닌다.

내가 하는 말이나 다른 사람들의 말을 하나하나 따져보면 무척 자기 중심적인 경우가 많다. 대화는 상대방의 마음이나 기분이 어떤지를 고려할 때 서로 잘 통하는 법인데 돌아보면 대화를 한다며 자주 내 마음이나 내 기분만 전할 때가 대부분이었다. 당장 상실감이나 분노, 슬픔으로 가득 찬 사람에게 '괜찮아'란 말이나 '괜찮아질 거야'란 말은 상대를 더욱 불편하게 한다. 괜찮다는 말이 괜찮지 않은 사람에게 '괜찮아야 한다'라는 의무감으로 다가가기 때문이다.

민호에게 '괜찮아'란 말을 하려다 멈췄다. 민호는 괜찮지 않았으니까. 아이에게 '그런 걸 가지고 우니'라는 말로 아이가 받아들여질 수 있으니까.

'끼워달라고 해'라는 제안을 하려다가도 멈췄다. 그 말은 '네가 제대로 못한 거잖아'라는 말로 들릴 수 있을 것 같았다. 아이는 지금까지 자기 나름 최선을 다해 끼워달라고 표정과 말로 애원했으니까. 그럴 때 '아빠가 대신 그 축구 시합에 너를 넣어줄게'라고 말하는 것은 아이들의 세계에 어른이 폭력적인 방식으로 들어가 오히려 민호와 다른 아이와의 관계를 더 꼬이게 할 수 있다는 판단도 들었다. '아빠가 대신 해줄게'라는 말은 '아빠는 너보다 힘도 세고 강해'라는 말로도 들릴 것이다.

놀이터에서 민호가 눈물을 흘린 날, 심리상담을 통해 배운 내용을 그대로 아이에게 전했다.

"민호가 많이 속상했구나."

"아빠가 너라도 눈물을 흘렸을 거야."

"얼마나 속상했니. 정말 속상했겠구나."

"아빠도 속상하네."

"가슴이 아프겠구나."

"아빠도 가슴이 아픈걸."

아이와 부모의 관계든 연인과의 관계든 사랑의 언어는 "그렇구나"라고 말할 때 가능할 것 같았다.

지나고 보니 아이의 엄마가 갑자기 세상을 떠났을 당시에 난 무척 불안해했었다. 하지만 불안은 나의 감정이지 아이의 감정이 아니었다. 비록 어떤 아이가 학교 알림장을 잘 써오지 않아 화가 난다면 그 분노의 감정은 부모가 선택한 감정일 뿐이었다. 아이는 알림장을 써오지 않아도 즐겁게 학교생활을 할 수 있을 테니까. 학교에서 흔히 일어나는 아이들의 주먹다짐이 부모 눈에는 폭력일 수 있지만 아이의 눈에는 놀이일 수도 있고, 아이들의 사소한 말다툼도 부모의 눈에는 별것 아닐 수도 있지만, 아이의 귀에는 상처가 될 수도 있다.

나의 감정과 아이의 감정을 분리해서 바라보기 위해선 나의 감정은 아이의 감정이 아니라 나의 감정일 뿐이라는 걸 받아들여야만 했다.

11.
목소리

"남구야, 혹시 통화 가능하니?"

"바쁜데요. 빨리 용건만요."

"그럼 다음에 전화하자."

기자 시절 가끔 어머니로부터 전화를 받으면 '용건'이란 단어로 끝났다. 으레 "바빠요" 아니면 "다음에요"라는 말로도 전화를 끊었다. 내가 전하는 뉴스를 보기 위해 어머니는 뉴스 시간이면 TV 앞에 자주 앉았지만 기자인 아들이 썩 마음에 든 것만은 아니었다.

"넌 뭐가 그렇게 바쁘니?"

"일이 그런 걸 어떻게 해요."

"난 기자면 그냥 다 좋은 줄 알았다. 이렇게 바쁜 거였으면 너 기자한다고 했을 때 말렸을 거다."

그러면서 출세하고 바쁜 아들보다는 전화 통화라도 오래할 수 있는 아들이 더 좋을 것 같다는 푸념 섞인 섭섭함도 가끔 내비쳤다.

민호와 전화 통화를 할 때면 당시 어머니의 목소리가 떠올랐다. 주말이면 글쓰기 수업 때문에 민호를 매주 할아버지 집에 보냈다. 단 하루였지만 아이 모습이 그리웠다. 늦은 저녁 아이가 보고 싶어지면 목소리라도 들어야 했다.

"민호 있으면 전화 좀 바꿔주세요."

"잠깐만. 민호 바꿔줄게. 민호야, 아빠 전화 왔다!"

어머니는 큰 소리로 민호를 불렀지만 민호의 목소리를 듣기까지 오래 기다려야 했다.

"민호야, 빨리 와서 아빠 전화 받아."

한참이 지나 전화를 받으면 민호의 대답은 거의 비슷했다.

"아빠, 왜?"

아빠가 전화를 했으면 반갑게 받지는 못할망정…… 하는 생각이 들다가도 그렇게 따지기엔 내가 어머니에게 지은 죄가 훨씬 더 많았다.

"목소리 듣고 싶어서 전화했지."

그건 사실이었다.

"응, 알았어. 끊어."

툭.

뭘 알았다고 하는 건지. 무심한 놈이란 생각이 들었지만, 그런 아이의 모습은 내 모습과 꼭 닮았다. 그래도 짧게나마 아이의 목소리를 들을 수 있어서 좋았다.

이제 아내의 목소리를 들을 수 없지만, 그 빈자리를 아이의 목소리가 채웠다. 무릎을 꿇고 하얀 천으로 얼굴을 덮은 아내를 바라본 날, 아내 앞에서 남편인 난 "여보"를 외쳤지만 아내는 아무런 말이 없었다. "여보"라는 그 말 한 마디가 듣고 싶었다. 아내가 남긴 글과 아내가 담긴 사진 모두와 맞바꾸더라도 아내의 생생한 목소리를 한 번만 듣고 싶었다. 아내와 이별을 하고 나니 아이가 "아빠" 하고 불러주는 그 말이 소중하게 다가왔다. 시간이 지나면 목소리도 변해간다. 그러고 보면 지금 아이의 목소리를 들을 수 있는 건 지금 이 순간뿐이었다.

기자 생활을 할 때는 어머니에게 용건이 있으면 문자 메시지로 남겨달라는 부탁하는 경우도 많았다. 그런 아들을 두고 어머니는 그럴 바에야 그냥 전화가 올 때까지 기다리겠다며 문자 연락을 거절하곤 했다. 휴대전화 문자에선 그 사람을 느낄 수 없다. 기계로 걸러지지 않은 그 사람의 목소리엔 그 사람만이 간직한 떨림과 설렘, 분노와 슬픔을 비롯한 많은 감정들이 담겨 있다. 목소리를 들을 때 우리는 그 사람의 마음을 만난다.

아이를 할아버지 댁에서 데리고 집으로 오는 길. 차 안에 단둘이 남으면 민호는 침묵을 참지 못하고 말을 걸었다. 민호에게 침묵은 지루함이나 심심함을 의미했다.

"아빠, 수수께끼하자."

하지 말자고 해도 할 거 아닌가.

"그래."

"그럼, 내가 먼저 할게."

항상 네가 먼저 했거든.

"인도는 지금 몇 시게?"

벌써 표준 시간이나 나라별 시차를 배울 나이는 아닌데?

"몰라."

"인도는 네 시야. 인도네시아."

헐!

"인도는 항상 네 시니?"

그래, 그렇다고 하자.

"'자동차 사고가 났다'를 세 글자로 줄이면?"

또 난센스 퀴즈겠지.

"몰라."

"붕어빵!"

"응?"

"맞잖아. 자동차가 붕~ 하고 가다가 어~ 하고 놀란 다음에 빵! 하고 사고가 나니까."

"민호야, 학교에서 그런 걸 배우니?"

"응. 친구들한테."

학교는 국어나 산수를 배우기도 하지만 수많은 난센스 퀴즈와 딱지 치는 법 때로는 거친 욕까지 배우는 곳이기도 했다.

가끔씩은 아이가 하는 이야기보다 목소리가 좋을 때가 있다. 아이의 웃음소리도 세상엔 하나뿐이었다.

"'왕이 넘어졌다'를 두 글자로 줄이면?"

"몰라."

"킹콩!"

민호는 킹콩이라고 말을 할 때면 엄지손가락으로 자신을 '킹'이라고 가리킨 뒤 옆으로 쓰러지는 시늉을 하며 '콩'이라고 말했다. 그러면서 자기가 한 말이 우습다며 웃었다. 아무런 가식 없이 마음속에서 우러나오는 그 웃음은 듣는 사람까지도 미소 짓게 했다.

민호의 장난기는 떡볶이 가게에서도 발동됐다.

"아줌마, 떡오찹순곱 주세요."

아이는 세로로 읽어야 할 메뉴판을 가로로 읽고 혼자 깔깔대며 웃는다. "아줌마, 볶쌀대창 주세요. 아니면 이뎅대음음 주세요." 하고 가게 아주머니에게 주문을 했다.

아내가 사경을 헤맬 때 들려준 목소리엔 이름이 담겼었다. 강민호, 강남구, 김은지. 아내는 눈을 뜰 힘이 없을 때도 온몸을 떨면서 허공에 이름을 불러댔다. 목소리를 듣고 싶어도 들을 수 없는 목소리가 있다. 그 생각을 하면 아이가 들려주는 목소리가 고맙다. 아빠라고 불러주는 말. 나를 찾아주는 목소리. 시간이 흘러 아이의 목소리가 굵어지면 언젠가 내 곁을 떠날 테지만, 그 날이 오기까지 아이의 목소리가 담긴 말들을 마음속 기억의 방안에 하나씩 쌓아두고 싶다.

자동차를 타고 주유소에서 기름을 넣는데 뒷좌석에서 장난 섞인 아이 목소리가 들려왔다.

"아빠, 50천 원 주유하면 세차가 2천 원이래."

50천 원? '50,000원 주유시 세차가 2천 원' 플래카드가 보였다. 아이는 50천 원을 여러 번 말하면서 눈까지 감은 채 웃어 버렸다.

12.
빨강머리 앤

눈을 뜨기 전에 아이 목소리가 먼저 들려왔다.

"아빠, 일어나."

무거운 눈꺼풀을 살짝 들어 손목시계를 바라봤다. 오전 7시를 막 넘긴 시간이었다. 고개를 돌려 목소리가 들리는 쪽을 쳐다보았다.

"아빠, 일어나."

민호의 까만 눈망울이 초롱초롱했다.

"조금만 더 자자."

등교 시간까지는 그래도 한 시간 남짓 남았으니 이불 밖으로 나가기가 싫었다.

"아빠, 먼저 일어나."

일어나고 싶으면 알아서 일어나지 왜 아빠 먼저 일어나라고 하는 건지. 침대에서는 꼭 내가 먼저 일어나야 민호가 뒤따라 일어났다. 맛있는 음식은 자기가 먼저 먹으려고 하면서 이럴 땐 꼭 어른이 먼저란다.

"민호야, 넌 10시에 잤지만 아빤 1시에 잤거든."

좀 봐달라는 목소리로 아이에게 부탁했다. 초등학교에 입학했지만 민호는 아빠 옆에서 잠을 잤다. 이사를 온 뒤 집이 조금 넓어져 아이가 좋아했는데, 해가 저물기 전에만 그랬다. 민호는 잠을 잘 때 오히려 큰 집을 무서워했다. 민호는 피곤한 아빠를 깨우는 대신 '피융' 소리를 내며 이불 속에서 놀았다. 이불이 들썩이긴 했지만 피곤한 아빠를 배려해주는 것 같아 고마웠다.

깜박 잠이 들었다. 얼마나 지났을까. 다시 시계를 쳐다봤다. 8시가 넘었다. 고개를 돌려보니 놀고 있어야 할 아이의 뒷통수가 보였다. 꺄악, 지각이다.

"민호야, 8시가 넘었어!"

꼭 소방서나 경찰서에만 비상이 걸리는 건 아니다. 주부가 늦잠을 자는 집 안에서도 비상사태는 발생한다. 생각보다 자주.

"아빠, 바지!"

"두번째 서랍."

"아빠, 양말은?"

"잠깐만."

서둘러 아이를 차에 태웠다. 아이 머리는 붕 떴고 이를 닦았는지 확인조차 못했다. 그런 아이 얼굴을 보며 자동차 거울로 보니 내 머리도 붕 떴다. 내가 이를 닦지 않은 건 확실했다.

이사를 오면서 민호는 자동차로 등하교를 해야만 했다. 차에 올랐는데 가슴이 빨리 뛰었다. 아이의 지각이 온전히 아빠의 늦잠 탓이라는 생각 때문이었다. 마음의 속도는 이미 한참 과속 중이었다. 안전띠를 매면서 안전운전이라고 혼잣말로 짧게 다짐을 했다.

출근 시간 지하철 플랫폼이 직장인들로 가득 찬 것처럼, 등교 시간 거리는 아이들로 가득 찼다. 다행히 겨우 시간에 맞춰 학교 앞에 도착했다. 아이에게 다 왔다고 말을 할 무렵, 아이 얼굴을 보자 전날 아이가 꼭 챙겨야 한다는 준비물이 생각났다. 까악.

"민호야, 쌀주머니!"

아이와 아빠는 순간 눈을 마주쳤다. 그리고 멍하니 서로를 쳐다봤다. 입으로는 아무런 말을 하지 않았지만 우리는 눈으로 이야기를 주고받았다. 준비물을 가져오기 위해 집으로 돌아가면 지각을 하고, 제시간에 등교를 하려면 준비물을 챙길 수 없다는 걸 말하지 않아도 우리는 알고 있었다. 아이 눈동자가 흔들렸다.

"아빠 다시 돌아가?"

그렇다고 아이를 지각하게 내버려둘 수는 없는 노릇이었다. 늦잠을 잔 건 아빠니까.

"아빠가 혼자 집에 가서 준비물 가져올게. 그리고 복도에 있는 신발주머니 위에 준비물 가져다놓을 테니 쉬는 시간에 챙겨가. 예전에 우산 갖다놓은 것처럼."

민호도 준비물 챙기는 걸 깜빡하곤 했다. 우산도 자주 잃어버렸는데 그런 아이를 보며 화를 낼 수는 없었던 건 그 모습이 나를 닮았기 때문이다. 그래서 한번은 서로를 보며 '빡빠들'이란 별명까지 붙여 서로를 놀리며 웃어댔다. 깜'빡'하는 아'빠'와 아'들'을 줄여 붙인 두 사람의 별명, 빡빠들.

아이를 내려주고 집으로 돌아가 쌀 한 움큼을 준비해 다시 학교로 향했다. 오히려 편했다. 지각 걱정은 하지 않아도 되니까. 그래도 뻗친 머리는 마음에 걸렸다. 차를 세우고 학교 정문으로 향하는데 교장 선생님이 보였다. 어쩌지. 내 머리는 뻗쳤고 옷은 거의 잠옷 차림인데. 그런데 교장 선생님이 점점 다가왔다. 그러더니 눈을 마주치면서 먼저 인사를 건넸다. 내가 세수는 했던가.

"민호 아버지, 안녕하세요."

교장 선생님은 꾀죄죄한 내게 온화한 미소를 지었다.

"민호가 밝게 웃으면서 등교를 하더라고요. 참 밝아요."

등교하는 민호를 본 모양이었다. 그러고 보면 교장 선생님은 거의 매일 정문 앞에 서서 등교하는 아이들을 바라보았다. 그리고 환하게 웃으며 "안녕!" 하고 아이들에게 인사를 건넸다. 곱고 맑은 피부를 지닌 모습도 좋았지만 난 교장 선생님의 그 웃는 눈빛이 좋았다. 지각을 겨우 면하고 준비물까지 챙겨가지 않았지만 아이가 웃었다는 말에 나도 모르게 기분이 좋았다. 닦지도 않은 이를 드러내며 웃었다. 민호가 씩씩하다는 말에 그까짓 내 몰골이야 중요하지 않았다. 교장 선생님에게 고마움을 표시했다.

"민호가 웃었던 건 교장 선생님께서 항상 활짝 웃으셨기 때문일 겁니다. 웃는 얼굴을 보면 미소가 나오니까요."

교장 선생님을 처음 만난 건 입학식 날이었다. 입학식장 표지판을 따라 처음으로 아이와 함께 학교 내부로 들어서던 날, 1층 입구에서 낯선 분이 먼저 알은척을 했다.

"안녕하세요, 민호 아버님."

TV에 출연한 뒤 가끔씩 주변에서 모르는 분들로부터 인사를 받았던 때라 별다른 생각 없이 고개를 숙였다.

"아, 안녕하세요."

"저는 이 학교 교장입니다."

'교장'이라는 말에 다시 인사를 했다.

"교장 선생님, 안녕하세요."

마치 내가 1학년이 된 듯 나도 모르게 고개를 허리 가까이 숙였다. 그때도 눈을 마주치며 활짝 웃는 그 인상이 좋았다. 눈에 띈 건 교장 선생님이 걸치고 있던 빨간색 모자에 빨간색 코트였다. 입학식장에서 교장 선생님은 빨간 옷을 입은 이유를 학부모와 아이들을 마주보며 설명을 했다.

"여러분, 교장 선생님이 빨간 모자와 빨간 옷을 입고 있지요? 전 빨강머리 앤을 좋아합니다. 그래서 빨간 모자를 썼고 옷도 이렇게 입었어요. 저는 여러분들이 빨강머리 앤처럼 자랐으면 좋겠습니다. 앤처럼 힘든 일이 있어도 기죽지 말고 씩씩하게 자라났으면 좋겠어요."

교장 선생님은 자신을 빨강머리 앤 선생님이라고 불렀다. 빨강머리 앤. 눈이 크고 하얀 얼굴에 주근깨가 있으며 머리가 빨간색이었다는 정도만 기억했는데, 인터넷으로 검색을 해 줄거리를 찾아보니 앤은 어렸을 때 부모님 두 분을 열병으로 잃었다. 어려운 환경 속에서도 앤은 밝게 웃으며 씩씩하게 살아가는 주인공이었다. 빨강머리 앤의 대략적인 줄거리를 읽은 날, 난 민호가 빨강머리 앤처럼 슬픈 현실 속에서도 가끔씩은 눈물도 흘리겠지만 웃음을 잃지 않고 밝게 살아가기를 소망했다. 그날부터 그 맑은 눈빛을 지닌 교장 선생님을 '앤 선생님'으로 기억했다. 교장 선생님도 앤처럼 얼굴에 미소가 가득했고, 특히 상대를 바라보는 까만 눈동자가 따뜻했다.

1989년 미국 심리학자인 캘러먼과 루이스는 서로 알지 못하는 남녀 48명을 모아 한 그룹은 2분 동안 눈을 마주보게 했고 다른 한 그룹은 별다른 요구를 하지 않은 실험을 했다. 그리고 눈을 바라보는 것만으로도 서로 좋은 감정이 솟는다는 결론을 내렸다. 동네에서 아이들을 모아 글쓰기 수업을 할 때도 나를 잘 쳐다보는 아이들이 있으면 그 아이가 더 예뻐 보였다. 본다는 것. 그리고 상대를 보며 미소를 짓는다는 것은 상대에게 관심이 있다는 뜻이겠지만, 상대의 관심을 더 이끌어내는 노력이기도 했다. 교장 선생님이 그랬다. 아침마다 아이들의 눈을 바라보며 눈으로 대화를 했다. 그러면서 아이들에게 앤이 씩씩하게 성장한 것처럼 너희들도 그렇게 자라나기를 눈으로 속삭였을 것만 같았다.

민호가 준비물을 놓고 갔다는 말에 교장 선생님은 한 걸음 더 다가왔다.

"이리 주세요. 제가 가져다주겠습니다."

어쩔 줄 몰라 머뭇거리자 교장 선생님은 다시 한번 달라고 하면서 내 손에 있던 쌀 주머니를 가져갔다. 그리고 다시 눈을 바라보며 미소를 짓고 작별 인사를 한 뒤 학교 안으로 들어갔다.

사랑한다면서 서로를 바라보지 않는다면 그 사랑은 머리로만 하는 사랑일 것이다. 너를 위한다면서 밖에서만 머문 채 서로 마주볼 시간을 갖지 않는다면 그건 너를 위한 일이 아니라 나를 위한 일일 것이다. 미국의 오바마 대통령은 취임 직후 보좌관들에게 평일 오후 6시 30분부터 두 시간 정도 가족들과 저녁식사를 하겠다고 말했다. 가족과 함께하는 시간을 지키고 싶습니다. 참모진에게 이렇게 부탁을 하지 않았을까. 백악관 직원들은 그 시간만큼은 대통령을 방해하지 않아야 할 신성한 시간으로 여겼다. 상대를 사랑하는 사람은 그렇게 상대와 눈을 마주치는 시간을 갖는다. 대통령은 저녁식사를 함께 하며 가족들을 바라봤고, 교장 선생님은 등굣길에 나와 아이들과 눈을 마주치며 인사를 했다.

13.

감정을 잃어가는 시간

민호가 다니는 학교는 한 반에 학생 수가 25명 안팎인 데다 한 학년에 고작해야 다섯 반 정도가 전부였다. 동네에 유치원도 다 고만고만한 거리에 있어 유치원 친구가 곧 초등학교 친구이다보니 3학년쯤이면 전교생을 다 알 정도로 아이들끼리 친했다. 한 반에 60명이 넘는 교실에서 생활을 했던 기억 때문에 낯설었지만 외동인 민호가 여러 친구들과 함께 가족처럼 지낼 거라고 생각하면 오히려 학생 수가 적은 게 안심이 됐다.

하지만 그만큼 학부모들에겐 할 일이 늘어났다. 학교 크기는 그대로라서 청소하고 가꾸어야 할 공간은 예전과 똑같은데 학생 수만 줄어드니 학부모들은 그만큼 학교일에 더 참여를 해야만 했다. 새 학년이 되면 으레 학교로부터 전화가 왔다. 자원봉사 학부모가 부족하다며 봉사 참여를 부탁하는 내용이었다. 남들을 위하는 마음이 없는 건 아니었지만 엄마들 틈에 끼여서까지 자원봉사를 하기엔 그 어색함이 조금은 두려웠다. 그럼에도 어쩔 수 없이 자원봉사 하나를 선택해야만 했다. 그래서 겨우 선택한 것이 '녹색어머니회'였다. 한 학기에 달랑 두 번, 그것도 몇십 분 동안만 녹색 깃발을 드는 일이라는 말이 솔깃했다.

드디어 아이 학교로부터 문자 메시지 하나가 도착했다. 녹색어머니회 봉사하는 날을 알리는 문자였다.

"민호야, 오늘 학교 아빠랑 같이 일찍 가야 해."

짧은 시간 때문에 선택한 것이었지만, 아빠가 남을 위해 봉사한다는 사실에서 아이가 작은 교훈이라도 얻기를 바라는 마음에 큰 소리로 아빠의 참여 소식을 전했다. "네, 알겠어요"라는 아이의 대답을 기다렸건만 아이는 딴죽을 거는 듯한 투로 대답을 했다.

"그건 엄마들이 하는 거잖아."

사실 민호 말처럼 '녹색어머니회'란 이름은 아빠의 불만이기도 했다. 학교에 들어가고 보니 여기저기서 어머니 또는 엄마란 단어가 쉽게 들리거나 눈에 띄었다. 5월이면 들리는 노래도 어버이 은혜가 아니라 '어머님 은혜'였고 책에서도 아침을 챙겨주고 학교에 보내주는 사람들도 온통 다 엄마였다.

아이 손을 잡고 학교로 향했다. 학교에서 '녹색어머니회' 옷이 들어 있는 사물함을 찾아 복도를 둘러봤다. 녹색어머니회 활동을 하기 위해선 녹색과 노란 조끼를 입고 '멈춤'이라는 글자가 적힌 깃발을 들어야 했다. 복도에 들어가는 순간 아이들 소리가 들려왔다. 아직 이른 시간이니 운동장이나 복도나 별 차이 없이 아이들은 달리고 뛰고 쫓느라 바빴다. 우유 당번인 아이들은 친구들을 위해 우유통을 날랐다. 예나 지금이나 아이들은 네모난 초록 플라스틱 통에 우유를 담아들고 각자 반으로 향했다.

초등학교를 가면 아이들의 생기 있는 목소리가 들려왔다. 그 목소리 속에는 각자 이름처럼 다른 감정들이 섞여 있었다. 화난 목소리, 웃음 가득한 목소리, 안타까운 목소리. 아이들 표정도 목소리만큼 싫고 좋은 감정들을 담아냈다.

아이들 표정을 보니 민호가 이날 아침 녹색어머니회에 나가는 아빠에게 보이는 반응이 꼭 얄밉지만은 않았다. 어머니 활동에 아빠가 나간다는 말에 이상하다는 표정을 짓고 나서는 활짝 웃으며 아빠를 놀려댔으니 민호도 여느 아이들처럼 그렇게 자신의 감정 표현을 한 셈이었다. 아이는 화가 나면 화를 내고, 슬프면 눈물을 흘리고, 즐거우면 미소를 지으며 자신을 표현했다. 그렇게 자신을 드러내는 데 아무런 꾸밈도 숨김도 없었다.

이날은 아침부터 비가 내렸다. 학교 정문 앞 횡단보도가 보였다. 그 횡단보도 앞에 서서 아이들이 오기를 기다렸다. 아이들 얼굴을 가린 우산이 하나둘씩 보이기 시작했다. 물감들이 동그랗게 퍼져 있는 것처럼 알록달록한 등굣길 우산 행렬이 예뻤다. 아이들 우산은 유난히 알록달록했다.

'어, 채윤이네?'

저 멀리서 민호네 반 여자아이가 눈에 띄었다. 남자아이든 여자아이든 동그란 얼굴을 무척 좋아하는데, 채윤이 얼굴은 마치 하얀 보름달을 닮아 더욱 귀여워 보였다. 치마를 단정히 입고, 땋은 머리가 잘 어울리는 그 아이는 가끔씩 '로맨틱하다'란 말을 하곤 했다. 1학년 아이의 입에서 나온 '로맨틱'이라는 단어는 낭만적이기보다는 귀여웠다.

그랬던 채윤이가 땅만 쳐다보며 천천히 다가왔다. 조그마한 손으로 우산 손잡이를 잡았지만 걸음걸이가 심상치 않았다. 엄마한테 혼났나. 장화를 신은 작은 발이 빗방울을 옆으로 밀어냈다. 채윤이가 횡단보도 근처에 다다랐을 때 우리 두 사람은 눈이 마주쳤다. 나는 채윤이가 걸어오는 걸 멀리서부터 바라봤지만 채윤이는 그제야 고개를 든 것이다. 내 얼굴을 확인한 아이가 우산을 뒤로 젖히며 자신의 얼굴을 들었다.

"민호 아저씨."

"안녕, 채윤아."

할 말이 많은 듯했다.

"아저씨, 저는요."

"응, 채윤아 아침에 무슨 일이 있었니?"

"저는 받아쓰기가 너무 싫어요."

채윤이는 그렇게 자신의 심정을 고백한 뒤 고개를 푹 숙였다. 그러고는 터벅터벅 발걸음을 옮겨 학교 안으로 들어갔다.

묻지도 않았는데 자신의 고민을 털어놓는 아이가 한편으로는 안쓰러워 꼭 안아주고 싶었다. 초등학교 저학년이라고 해도 각자의 삶의 무게는 있어 보였다. 받아쓰기. 초등학교에 들어가면 아이들은 받아쓰기 시험을 봐야만 했다. 한글을 익히는 것이 공부의 시작이기도 하고, 어린아이들의 손 근육을 발달시키기 위해서라도 글씨 쓰는 연습을 자주했다. 어른이든 아이든 스스로 정하지 않은 교육을 받는다는 건 가끔씩 부담스럽고 때로는 싫을 텐데 오늘 채윤이가 그런 모양이었다.

횡단보도 앞에서 멈춤 깃발을 들고 있어보니 등교를 하는 아이들의 얼굴이 자연스럽게 하나둘 눈으로 들어왔다. 같은 초등학교 아이들이지만 아이들의 체격이 커질수록 아이들 얼굴 표정은 조금씩 사라져갔다.

그러다가 학교 앞을 지나가는 어른들 얼굴도 눈에 띄었다. 아이들의 얼굴과 확연히 달랐다. 겨울 풍경과 여름 풍경의 사진을 나란히 놓은 것처럼, 별다른 표정 없이 입을 다문 어른들의 표정과 친구와 마주보는 초등학생들의 얼굴은 명확하게 달랐다. 어른들에겐 싫은 표정도 즐거운 표정도 없었다. 시계 초침이 째깍거리며 움직이는 것처럼 자기에게 정해진 길을 시간에 맞춰 걸어갈 뿐이었다.

그러고 보니 지하철에서 만난 사람들 표정도 마찬가지였다. 눈을 감고 쪽잠을 자는 어른들. 고개를 떨군 채 바닥에 시선을 고정한 사람들. 멍하니 초점을 잃은 눈빛들은 다른 얼굴이지만 별다른 표정이 없다는 점에선 비슷했다.

아이를 돌보기 위해 놀이터와 학교에 머물다가 어쩌다 약속 때문에 지하철을 탈 때면 그 풍경이 무척 낯설었다. 다들 감정을 가슴 저 밑으로 가둬버리거나 아니면 아예 지워버려 표정을 잃어버린 인형과 같았다. 심리적으로 건강하다는 건 어린아이처럼 자신의 감정을 표정으로 목소리로 드러낼 수 있다는 의미이다. 크게 소리를 지르거나 물건을 집어던지는 게 아니라 사랑하는 사람에겐 사랑한다고 하고, 미워하는 사람에겐 미워한다고 하고, 분노 앞에선 분노를, 기쁨 앞에선 기쁨을 언어로 표정으로 표현하는 것, 그렇게 자신의 느낌을 인정하고, 그 느낌을 받아들이면서 자책하지 않는 것.

어른이 된다는 건 어쩌면 감정을 잃어가는 시간이 늘어간다는 의미이기도 했다. 내 눈으로는 내 얼굴을 볼 수 없지만 가끔 씩 생각해보면 대개 표정이 사라진 경우가 많았다. 동시에 내 감정과 표정을 잃어버렸다는 건 어쩌면 나를 점차 잃어버렸다는 의미이기도 했다. 감정과 느낌은 바로 나라고 했으니까. 나답다는 건 감정처럼 계산하지 않고 따지지 않고 즉각적인 것이니까.

학교가 시작되는 오전 9시가 되자 거리에 가득 찼던 아이들의 목소리도 함께 사라져버린 채 자동차들만 가끔씩 지나다녔다.

14.
은하철도 999

아이 책가방을 정리하다가 카드 한 장이 나왔다. 붉은색 카드에 붙인 빨간 색종이 카네이션. 아이에게 어버이날이라고 특별한 기대를 하지 않았지만 카드를 보는 순간 알 수 있었다. 내심 기대했구나. 카드가 반가운 걸 보니 나도 어버이날을 기다렸나보다.

종이 카네이션을 보자 아이의 작은 손가락이 떠올랐다. 아직까지 살림과 육아에 적응 중인 아빠 때문에 아이는 준비물을 스스로 챙겨야 했다. 카네이션을 접은 날에도 아빠가 아침 준비에 허겁지겁할 때 아이는 집에 있는 색종이를 가방 속에 넣고 학교로 나섰을 거다. 카네이션 접는 법에 따라 스스로 작은 손가락을 구부리고 풀을 붙이며 카네이션을 하나씩 완성했을 아이의 손가락이 눈앞에 생생했다. 어렸을 때부터 조립식 장난감을 좋아했던 터라 아이는 손재주가 남달랐다. 카네이션을 자세히 보니 색종이 꽃잎 간격이 일정했고 좌우가 정확히 대칭을 이뤘다.

그런데 아이가 접은 카네이션은 두 송이였다. 그 두 송이 카네이션 뒤엔 아이가 오려 붙인 하트가 보였다. 설마 하는 생각이 잠깐 스쳤다. 아이가 혹시나 엄마 생각을 하며 카네이션을 두 송이 만들었을까 하는 생각을 하다 괜한 염려일 거라며 카드를 펼쳤다. 아이 손글씨가 보였다.

아빠에게

아빠, 엄마가 돌아가셨어도 꿋꿋이 저를 잘 키워주셔서 감사합니다. 저 때문에 직장도 그만뒀는데도 저를 잘 키워주시니 너무 감사합니다. 사랑해요.

잠시 아무런 말을 하지 않은 채 편지를 바라봤다. 평소에 밝게 웃는 얼굴 뒤로 숨었던 아이의 마음이 글씨에 묻어나온 것만 같았다. 미안했다. 그냥 어린아이로만 바라봤는데 엄마를 향한 짙은 그리움이 느껴졌다. 아이는 사랑하는 엄마나 고마운 엄마라는 말 대신 돌아가신 엄마라고 써야만 했다. 혹여나 아빠가 슬퍼할까봐 아이가 혼자서 울고 있지는 않았는지, 혹여나 아빠가 들을까봐 엄마를 속으로만 부르지는 않았는지, 여러 생각이 겹쳤다.

엄마가 돌아가셨다며 글을 쓰기 시작한 아이는 먼저 아빠를 다독였다. 아이에겐 아빠가 꿋꿋하게 보였나보다. 이번엔 그 마음이 고마웠다. 자신을 잘 키워주었다는 문장을 읽으면서, 아빠가 잘 키운 게 아니라 네가 잘 큰 거란다, 혼잣말을 했다. 아빠가 직장에 나가지 않고 집에 머무는 것도 육아 때문이라고 생각했다. 그냥 감사한 게 아니라 너무 감사하다는 그 말에 감사했다. 아이의 "사랑해요"라는 말 앞에 나도 마음속 깊이 아이에게 사랑한다고 속삭였다.

아이의 말과 행동에 좀 더 관심을 기울였다. 어버이날인 5월 8일, 이른 나이에 아내를 잃은 아들 걱정이 가득한 부모님을 뵙고 늦은 밤 집으로 돌아오는 길이었다. 이날은 차 안에서 아이가 노래 시합을 하자고 제안했다.

"아빠, 〈은하철도 999〉 노래 부르기 시합하자. 세 번 틀리면 내가 이긴 거다."

노래 시합을 하기 전부터 민호는 옛날 만화영화 〈은하철도 999〉를 흥얼대고 있었다. 마흔이 된 아빠에게도 어렴풋한 기억 속에 남아 있는 만화영화이긴 한데, 그 노랫말은 가물가물했다. 이길 생각도 없었지만 이길 수도 없었다. 기억하는 노랫말은 처음 한두 소절뿐이었다. 노래를 시작하자마자 민호가 "땡!" 하고 외쳤다.

"아빠, 다시 불러봐."

"기차가 어둠을 헤치고 은하수를 건너면……"

"땡."

이내 세 번 '땡' 소리를 내며 자기가 이겼다고 선언을 한 아이는 자기가 노랫말을 가르쳐주겠다면서 음에 맞춰 가사를 읊기 시작했다.

"기차가 어둠을 헤치고 은하수를 건너면, 우주정거장에 별빛이 쏟아지네."

중간쯤 가다 가사를 모르는데 아이는 후렴부에서 목소리를 더 키웠다.

"엄마 잃은 소년의 가슴엔 그리움이 솟아오르네, 힘차게 달려라 은하철도 999."

아이 노랫말을 듣다가 그제야 〈은하철도 999〉의 줄거리가 떠올랐다. 그 만화영화는 민호만 한 어린아이가 엄마를 여의고 시련에 맞서 싸워나가는 내용이었다. 민호가 2절을 부르겠다고 했다. 그 주제가에 2절까지 있다는 건 그날 처음 알았다. '엄마 잃은 소년의 눈에는 눈물이 가득 차 있네'란 노랫말이었다. 노래를 부르고 난 뒤 아이는 요즘 그 노래가 마음에 든다고 했다. 아이의 그 말이 나에겐 마음을 울린다는 말로 들렸다.

노래를 하던 아이가 노래를 멈추고 느닷없이 자신의 바람을 이야기했다.

"아빠, 나는 타임머신이 있었으면 좋겠어."

"왜?"

"시간을 거슬러 올라가고 싶거든."

"타임머신이 있으면 재미있겠다."

"내가 타임머신을 타면 엄마를 진료한 의사를 만나러 가서 말해줄 거야. 제대로 약을 쓰라고 말이야."

그 말을 듣자 머릿속이 하얗게 변했다. 그러고 보니 민호가 그린 그림이나 글 속엔 유독 타임머신이 많았다. 아이는 언제부터인가 과학자가 되면 타임머신을 만들고 싶다고 했다. 그저 과학자가 꿈이겠거니 했는데 아이에게는 타임머신을 꼭 만들어야 할 이유가 있었다. 빈혈로 고생하던 엄마가 골수 이식을 받는 상황에서 병원 측의 오판으로 잘못된 약을 처방받아 결국 생을 마감했다는 사실이 저 어린 가슴에 '타임머신'의 꿈을 갖게 한 것이다.

"민호가 타임머신을 타고 싶구나. 엄마에게 제대로 된 약을 주라고 말하려고."

아이는 잠시 말이 없었다. 그러더니 훌쩍이는 소리가 뒷좌석에서 들려왔다.

"아빠."

"응."

"난 '엄마' 소리만 들어도 속이 상해."

잠시 말을 멈추고 아이의 울음소리에 흔들리는 가슴을 애써 부여잡았다.

"우리 민호가 요즈음 많이 속상했나보구나."

아이의 울음소리는 점점 더 커졌다.

"아빠, 난 엄마의 '이응' 소리만 들어도 속상해."

결국 아이는 소리를 내며 울기 시작했다. 가정의 달이라는 5월. 민호는 5월을 무척 속상해했다. 지난해 5월에도 그리고 지지난해 5월에도 아이는 시무룩했다. 학교에서도 동네에서도 어버이날이 가까워질수록 민호는 '엄마'란 단어를 그 어느 때보다 많이 들어야만 했다.

뒷거울로 보니 민호는 가녀린 팔로 눈물을 계속 닦아내고 있었다.

"딱 한 번만."

아이는 딱 한 번만이라고 했다.

"딱 한 번만."

'그 딱 한 번만'이라는 목소리는 그때부터 오랫동안 귓가에 맴돌았다.

"딱 한 번만이라도 엄마를 만나고 싶어."

이제 열 살도 안 된 아이는 그렇게 울면서 엄마를 불렀다. 민호 얼굴엔 눈물이 흘러내렸고 아빠도 소리 없이 가슴으로 울었다. 엄마를 향한 아이의 그리움이 절절하게 가슴으로 전해졌다. 엄마 품에 안겨 한참 응석을 부려야 할 아이는 딱 한 번만이라도 만나고 싶은 엄마를 울면서 찾았다.

흘러내리는 아이의 눈물에 침묵했다. 아이의 눈물을 외면하고 싶은 침묵이 아니라 흘러내려야 할 눈물을 마음속으로 받아내고 싶은 침묵이었다. 슬픔은 이기는 것이 아니라 견뎌내야만 하는 것이니까. 눈물을 흘리는 아이에게 씩씩해져야 한다든가 용기를 내야 한다든가 하는 말은 아이를 슬픔에 갇히게 한다. 충분히 슬퍼했을 때만 비로소 슬픔에서 벗어날 수 있다. 슬픔을 마주하지 못한 채 피하거나 억누르면 그 슬픔은 그 사람 마음에서 떠나지 않는다. 민호가 슬픔을 견뎌내고 스스로 일어서게 하기 위해서라도 아이의 슬픔 앞에서 아빠는 흔들리지 않고 그 슬픔을 받아주어야만 했다. 민호에게 말을 걸었다.

"민호야 많이 속상했지? 아빠도 엄마가 보고 싶어서 매일밤 울었어."

사실 그랬다. 심리상담 교수님이 나에게 눈물과 슬픔을 절대로 참아선 안 된다고 한 말을 듣고 나서는 아이를 재워놓고 혼자 남은 밤이면 하염없이 눈물을 흘렸다. 아빠도 엄마를 무척 보고 싶어했으며, 민호보다 더 많이 울었다는 말을 듣자 아이는 깜짝 놀라 되물었다.

"진짜야?"

"응, 그럼. 거의 매일밤."

아이가 흘리는 눈물을 창피해하거나 억누르지 않기를 바라면서 아빠의 지난 슬픔을 담담히 들려줬다. 자신만 슬픈 게 아니라 아빠도 슬퍼했다는 사실을 들으며 아이의 슬픈 목소리가 조금씩 잦아들었다.

차에서 내리는 아이를 안으며 물었다.

"민호야, 엄마를 만날 수 있는 방법을 가르쳐줄까?"

민호는 '뻥'이라며 그런 일은 없다고 답했다.

"민호가 정말 보고 싶어하면 엄마가 꿈에 나타날 거야."

민호는 고개를 저었다.

"난 꿈을 꾸지 않아. 그래서 꿈속에서 엄마를 만날 수 없어."

집에 들어가서 가볍게 씻은 뒤 침대 위에 나란히 누웠다. 아이가 한층 밝은 목소리로 말했다.

"엄마는 하늘나라에서 재미있게 놀고 있겠지?"

"그러겠지. 육아 걱정, 살림 걱정 없이 맛있는 거 많이 먹으면서 실컷 놀고 있겠지."

어둠 속에서 아이의 미소가 보였다.

"엄마는 하늘나라에서 놀라고 하고, 아빠는 민호랑 재미있게 놀아야지."

모처럼 아들을 꼭 안은 채 잠을 잤다.

15.
아내의 빈자리

밤 10시가 다 되어 휴대폰에 문자 하나가 도착했다.

'내일 아침에 성당 가니? 추모관에도 가?'

오랫동안 기자 생활을 같이 했던 동료이자 친구가 보낸 문자였다. 달력을 보니 다음날은 5월 15일이었다. 그날은 스승의 날이면서 동시에 아내의 기일이기도 했다.

4년 전, 해맑게 웃던 아내 사진 앞에서 무릎 꿇고 슬픔을 눈밖으로 쏟아내던 날, 그 친구는 장례식장을 함께 지키며 나를 챙겼다. 4년이라는 긴 시간이 지나는 동안 나는 잊고 지냈던 가족의 의미를 찾겠다며 회사를 그만두었고, 그 친구는 언론인으로서 의미를 찾겠다면서 직장을 '뉴스타파'로 옮겼다. 서로 다른 곳에서 다른 일을 하며 바쁜 삶을 이어갔지만 스승의 날이 다가

오자 우리는 똑같이 한 사람을 기억했다.

친구의 질문에 아내의 웃는 사진이 떠올랐다. 민호가 〈은하 철도 999〉 노래를 부르며 엄마를 그리워했던 것처럼 아내도 아이를 바라보고 아이를 만져보고 아이를 안아보고 싶어할 것만 같았다. 아내는 의식이 없는 순간에도 허공에 대고 아이 이름과 내 이름을 불러댔다. 그런 아이를 나만 보며 행복해한다는 게 한편으로는 아내 몫의 행복까지 다 내가 차지하는 것만 같아 때로는 미안한 마음도 들었다.

5월이면 아내가 보고 싶었다. 민호가 엄마를 보고 싶어했던 것처럼, 나도 아내를 불러보고 아내를 바라보고 아내를 안고 싶었다. 아내는 지금 어디에서 무엇을 하고 있을까.

아내를 떠나보낸 다음부터 밤하늘에 빛나는 별을 좋아하기 시작했다. 한 줌 하얀 가루로 변한 아내는 밤이면 별의 모습을 하고 하늘에서 우리를 바라볼 것만 같았다. 친구의 문자를 받은 뒤 밤하늘을 쳐다봤지만 그날 밤에 별은 떠 있지 않았다.

추모관에 갈 거냐는 질문을 보면서 친구는 아마 추모관에서 혼자서 기다리고 있을 아내와, 그 아내를 찾아갈 남편을 떠올렸을 테다. 누군가를 찾아가는 사람은 한편으론 행복한 사람이었다. 보고 싶고 만나고 싶은 사람이 있다는 의미이니까. 삭막한 세상에서 그래도 그리운 사람이 있다는 건 아직 가슴속에 한 사람을 기억할 만큼의 온정이 남아 있을 때나 가능한 일이었다. 직접 보고 만질 수는 없어도 기억 속에서나마 만날 수 있다는 것도 한편으로는 그만큼 그립기 때문이었다. 나는 마음의 방 안에 있는 한 사람을 그리워하고 기다리면서 만나고 싶으면 그 마음의 문을 열고 추억의 길을 따라가서 만나곤 했다.

지난 시간으로 빠져들어갈 즈음 전화벨이 울렸다. 친구였다.

"어디야?"

친구가 물었다.

"밖인데."

"집 아니야?"

"민호가 할아버지 집에 가서 밖으로 나왔어. 혼자 있으면 답답해서."

"그래서 집에 없었구나."

전화를 했나.

"네 집 앞인데. 언제쯤 와?"

깜짝 놀라 시계를 보니 밤 10시가 훌쩍 넘었다. 집까지 서둘러서 가더라도 30분은 족히 걸릴 만큼 먼 곳에 있었다. 친구는 집 앞에서 기다리겠다고 했다. 무슨 일인지 묻지 않았다. 그는 반드시 만나야 할 이유를 '기다리겠다'는 말로 대신했다.

집 앞에 다다르자 친구의 차가 보였다. 차 안 어둠 속에서 휴대폰을 바라보는 친구의 얼굴이 보였다. 미안함에 문밖에서 머뭇거리는 사이 친구가 차문을 열고 밖으로 나왔다.

그는 커다란 꽃바구니를 들고 차에서 내렸다. 미안하다는 말 대신 그리고 무슨 일이 있느냐는 말 대신 그가 들고 온 꽃바구니를 물끄러미 바라봤다. 어깨 너비 남짓한 크기의 커다란 꽃바구니에 하얗고 붉은 꽃들이 한 아름이었다.

"기일이잖아."

동료는 다시 한번 아내가 떠난 날을 확인해주며 꽃바구니를 내 손에 쥐여주었다. 고맙다는 말이나 미안하다는 말에 앞서 감탄사가 튀어나왔다.

현실적인 아내는 사실 꽃을 싫어했었다. 시들어버릴 꽃은 사지 말고, 선물을 사기 전에는 자기에게 꼭 먼저 물어보라는 말을 연애 시절부터 했다. 오늘도 그런 반응이었을까. 꽃바구니를 받아 든 아내는 어쩌면 남편보다 친구가 더 낫다고 핀잔을 줄지도 모를 일이었다. 그 꽃바구니에 하나하나 꽂힌 꽃을 보면서 자신을 오랫동안 기억해주어 고맙다고 말할 것만 같았다.

꽃바구니를 집에 가져다놓은 뒤 친구를 데리고 인근 맥줏집으로 갔다. 늦은 시간이라 부담스럽다는 친구의 말을 듣고도 무조건 가야 한다며 떠밀었다. 네가 나에게 준 부담을 나 혼자 다 받기에는 버거우니 맥주 한잔이라도 사겠다며 팔을 잡아당겼다.

"꽃바구니 주려고 지금까지 기다린 거야?"

"하필이면 스승의 날이 기일이잖아. 어떻게 잊어. 지난 2년 동안 바쁘다는 핑계로 넘어갔는데 이번엔 휴일이어서 챙기고 싶었거든."

스승의 날에 떠난 아내의 기일이라는 말에 다시 아이 얼굴이 떠올랐다. 민호는 지금 5월 8일 어버이날을 힘들어했지만, 조금 더 나이가 들면 엄마가 떠난 날인 스승의 날을 더 가슴 아파할 것 같았다.

"얼마나 됐지?"

"5년째. 만 4년이야."

"벌써 그렇게 됐구나."

시간이 빨리 흘렀지만 우리는 여전히 아내를 떠난 보낸 순간을 전날처럼 기억했다. 다시 시간을 5년 전으로 되돌리려다가 아이를 키우는 아빠로서 사는 이야기를 나눴다. 자정을 넘긴 시각까지 두 사람의 수다가 이어졌다. 친구와 헤어지고 집 안에 들어서니 꽃향기가 가득 했다. 꽃을 보며 그 꽃을 전해주기 위해 집밖에서 50분이나 혼자서 있었던 그 기다림이 고마웠다. 할아버지 집에서 돌아온 민호는 웬 꽃바구니냐며 잠깐 반응을 보이더니 시큰둥했다. 꽃은 변신을 할 수도 없고 발로 차거나 손으로 던지며 놀 수가 없었으니까.

힘들었던 5월이 끝나갈 무렵 민호가 잠을 자다가 훌쩍였다. 민호를 흔들었다.

"민호야, 민호야."

눈을 뜬 민호 눈가엔 눈물이 맺혔다.

"눈물이 났네? 하품을 했나보다."

처음엔 꿈 이야기를 감췄다.

"슬픈 꿈이었어?"

민호는 악당들이 엄마를 하늘로 보내는 꿈을 꿨다고 했다. 꿈을 꾸고 나서 기분이 찝찝하다면서 이내 다시 잠이 들었다.

아이는 인간의 운명을 받아들이기엔 너무 어렸다. 엄마가 곁에 없는 건 나쁜 악당이 한 일이라고 생각했다. 고개를 돌린 아이의 뒷모습이 보였다. 금세 잠이 든 아이를 바라보며 무릎 밑까지 내려간 이불을 올려 어깨 위로 덮어주었다.

씨앗 하나

씨앗 하나가 땅 위로 떨어졌습니다.

흙은 하늘에서 온 씨앗이 무척 반가웠습니다.

외로웠던 흙은 더 이상 외롭지 않았습니다.

씨앗 때문에 웃을 수 있었고

누군가를 껴안는 행복의 의미를 하루 종일 느꼈습니다.

흙은 매일 매일 씨앗과 이야기하고 함께 잠을 잤습니다.

그렇게 시간이 흘렀습니다.

씨앗에서 작은 싹이 나오더니 어느새

흙을 뚫고 나왔습니다.

흙은 땅 위로 올라간 씨앗이

자신과 멀어지는 것 같은 불안함을 느꼈습니다.

자신만 바라보던 씨앗이

자신을 떠날 것 같은 두려움도 다가왔습니다.

흙은 온몸으로 씨앗을 더 힘껏 품었습니다.

하지만 씨앗은 이제 흙이 자신을 안아주는 게

따뜻하기보다는 답답했습니다.

흙은 더욱 세게 씨앗을 안았습니다.

그러자 씨앗은 흙을 밀어내기 시작했습니다.

흙은 무척 속이 상했습니다.

그런 흙을 바라보던 아름드리나무가 말을 건넵니다.

"이젠 씨앗을 놓아주어야 해."

그러자 흙은 나무를 향해 소리칩니다.

"씨앗은 내 안에서 자라났어. 오랫동안 품었고 따뜻하게 안아주었던 씨앗이란 말이야."

그러자 나무가 나직하게 말했습니다.

"땅 위로 나가려는 씨앗을 막을 수는 없어. 그건 자연의 섭리야."

흙은 더 큰 소리로 나무에게 외쳤습니다.

"그건 고통이야. 여름엔 장맛비를 맞아야 하고, 겨울엔 거센 바람과 눈을 맞아야 한다고. 내 안에 있으면 포근하고 걱정할 게 없잖아."

나무는 한동안 아무런 말을 할 수 없었습니다. 잠시 뒤 말을 이었습니다.

"씨앗은 자신을 붙잡는 흙의 힘을 이겨야만 땅 위로 오를 수 있어. 힘들지만 햇볕을 보기 위해 씨앗이 견뎌야 하는 시간이야. 하늘과 햇볕을 보고 싶은 씨앗의 마음을 들여다봐줘. 씨앗을 위해 진정으로 해야 할 일이 무엇인지 말이야."

"겨울은 추워. 여름은 덥고. 눈과 비는 너무 고통스러워."

"가슴 아프구나. 씨앗이 겪어야 할 시련을 생각하니 속이 상하지. 그런 너의 마음이 무척 따뜻해. 걱정과 불안은 사랑의 크기이기도 하니까 말이야. 씨앗이 네 안에 있으면 포근하고 별다른 걱정이 없겠지. 대신 씨앗은 싹을 틔우는 새싹 친구들을 만날 수 없어. 파란 하늘과 나뭇잎과 행진하는 개미들과 이야기하며 즐거운 시간을 보낼 수가 없어."

흙은 잠시 말을 멈췄습니다. 나무가 말을 이었습니다.

"흙을 뚫고 나와야 밖으로 나갈 수 있어. 봄볕에서 키가 크고 여름비를 맞아야만 열매를 맺어. 가을바람을 맞아야만 단풍 옷으로 갈아입고, 겨울 추위를 견뎌내야만 더 커질 수 있는 몸으로 바뀌지."

"걱정돼. 혹시나 그러다 좌절하고 슬퍼할까봐."

나무는 촉촉히 젖어가는 흙을 한참 바라보며 별다른 말을 할 수 없었습니다.

"씨앗이 잘 자랄까?"

"응. 나를 보렴. 나도 씨앗이었거든."

흙은 말없이 자신을 내려다보는 느티나무를 쳐다보았습니다. 느티나무는 자신을 한참 동안 바라보는 흙을 향해 미소 지었습니다.

"씨앗의 힘을 믿으렴. 씨앗 안에 잠자고 있는 엄청난 생명의 힘을 말이야. 그 씨앗 때문에 많은 생명들이 행복해할 거야. 그 씨앗의 힘을 믿어주렴."

2 부

1.
낯선 일상

학교에서 돌아온 아이가 학교 이야기를 먼저 꺼냈다. 학교생활이 궁금해 곁에서 한참 애원해야 겨우 한두 마디 대답을 들었는데 이날은 달랐다.

"아빠, 나 상 탔다."

"진짜?"

나도 모르게 목소리가 커졌다.

"응. 한 열 명쯤 받았어."

"한 반에서 열 명?"

"아닌데."

"응? 그럼 한 학년에서 열 명?"

"아니, 전교생 다 해서 열 명."

"그러니까 학년 전체에서 열 명?"

"그게 아니라 1, 2, 3, 4, 5, 6학년 다 해서 열 명."

잘못 들었나. 전교생 다 해서 열 명이라고?

"한 학년에서 열 명이 아니라 전교생 다 해서?"

아이는 다시 그렇다고 했다. 학창 시절 자식 자랑하던 친구의 부모가 그토록 얄미웠건만 어느새 내가 자랑을 못 참는 아빠가 되었다. 엉덩이가 들썩이고 입이 간질거렸다. 팔불출이 어떤 심정인지 이해가 갔다. 사실을 전한다고 착각하며 자식 자랑을 하는 심정. 먼저 어머니에게 전화를 걸었다. 애써 들뜬 목소리를 가라앉혔다. 상장 하나로 호들갑떠는 그런 부모가 아니라는 듯 차분한 목소리로 말했다.

"민호가 글짓기 상을 받았어요."

이번엔 어머니 목소리가 커졌다.

"그래? 민호가 상을 받았어?"

'누구 아들인데요'라는 말을 하려다 속으로 삼켰다.

"네. 전교생 열 명 안에 들었대요."

침착하게 소식을 전했다.

"전교생 열 명 안에 들었다고?"

손자가 UN 사무총장에라도 선출된 양 어머니는 감격했다. 어머니는 손자의 수상 소식을 만방에 전해야 한다며 서둘러 전화를 끊었다. 아이가 상을 받은 글을 다시 들여다봤다.

> 루푸타야. 숯을 만드느라 힘들지? 열심히 일한 돈으로 학교에 다녀. 그리고 숯이 잘 팔리기를 기도할게.

민호가 편지를 보낸 아이는 가난한 아프리카 소년 루푸타였다. 편지를 읽어가다가 마지막 문장에선 피식 웃음이 나왔다.

> 손도 까지고 발도 아프다니 나도 가슴이 뭉클해져. 그러니 제발 이런 글은 보내지 마~ 알았지? 내가 나한테 재미없는 장난감 보내줄게.
>
> ○○초등학교 1학년 4반 강민호

민호는 루푸타에게 이제 마음 아픈 글을 자신에게 보내지 말라고 당부했다. 장난감을 보내준다면서 자기에게 재미없는 장난감을 골라 보내주겠다고 말하는 그 숨김없는 순수함이 그저 귀여웠다. 학교에 입학하자마자 상도 타고, 게다가 부회장이란 감투까지 썼다. 적어도 아빠가 보기엔 그 누구보다도 학교생활에 적응을 잘해나갔다. 아이 편지를 읽으며 창밖을 바라봤다. 어느새 나뭇가지에 잎들이 무성하게 자랐다. 그럴 때가 있다. 시간이 흘러가는 걸 모르다가 어느 날 알아차리는 순간. '또 시간이 이렇게 흘렀구나'란 생각이 드는 날. 아내가 생각났다. 그래도 이 정도면 지금까지 잘 키운 거지? 아내를 떠나보내는 날 성당 바닥에 주저앉아 울음을 토해냈던 시간부터 하나씩 지난 시간이 사진 속 장면처럼 스쳐 지나갔다.

아이가 학교 생활을 이제 막 시작했지만, 나에게 아이의 초등학교 입학은 남달랐다. 엄마가 없는 아이. 아이가 혹시나 모르게 받은 상처가 있지는 않을까 하는 염려. 그만큼 걱정과 불안도 컸다. 아이가 혹여나 위축되지 않기만을 바랐다. 입학 전에 책을 열어보니 유독 저학년 책에는 '엄마'란 단어가 자주 나왔다. 아이는 학교에 들어가자마자 많은 상장을 받아왔다. 먼저 학급 임원으로 뽑혔고, 과학 그림 그리기 상에 이번엔 글짓기 상까지. 상이 가져다주는 편안함이 있다. 학교 생활을 그래도 못하지는 않는다는 상징이랄까. 오랫동안 짊어진 마음의 짐 하나가 땅바닥 위로 내 던지는 느낌이었다. 툭.

갑자기 훌쩍 지나간 시간 때문이었는지, 홀가분한 마음과 동시에 내려놓은 마음의 짐만큼 빈자리가 느껴졌다. 아내의 빈자리일까. 그건 아닌 듯 했다. 힘겹게 시험을 끝낸 뒤 찾아오는 허무함과 비슷했다. 창밖을 다시 물끄러미 바라봤다.

누구에게 전화를 걸어 아이가 상을 받은 사실을 또 전할까 하며 휴대폰을 만지작거리다 그만두었다. 아이가 상을 받았고, 아이가 학교에 가고, 아이가 친구들을 사귀며 즐겁게 논다는 이 말들을 공감해줄 만한 친구들이 내 주위엔 많지 않았다. 동료들은 육아보다는 사회에 더 많은 관심을 가졌고, 아이가 학교에서 상장을 받았다는 소식보다는 특종 이야기를 할 때 더 크게 공감을 하는 사람들이었으니까. 빠르게 시간이 흘러가는 걸 알아차리지 못한 만큼 지금의 내 모습은 지난 나의 모습으로부터 멀어졌다.

다음 날 아침, 아이가 학교에 가고 난 자리가 유독 눈에 띄었다. 아이가 식사를 한 자리 주변은 밥알과 반찬이 여기저기 흩어져 있었다. 예전엔 청소를 하면서 아이 생각뿐이었는데, 이날은 앞치마를 두른 채 설거지를 하는 내 모습이 보였다. 기자 생활을 할 때 오전 9시는 바쁜 하루의 시작을 알리는 시간이었지만, 이제는 아이가 휩쓸고 간 자리를 정리해야 하는 시간이었다. 기자실엔 9시가 되면 전화벨이 여기저기서 울렸지만 지금 부엌에는 틀어놓은 물소리가 전부였다. 일을 시작하는 기자들의 오전 9시, 그리고 아이가 학교를 간 뒤 주부의 오전 9시. 내가 누구인지에 따라 시간이 갖는 의미도 달랐다.

우선 도서관에 갔다. 공공도서관의 오전 9시는 밤새 자리를 지켰던 책들이 도서관 이용객을 맞이하는 시간이기도 했다. 사서들은 창문을 열며 책 향기를 밖으로 내보냈다. 아이를 학교에 보내고 도서관을 찾은 건 책을 좋아해서라기보다는 만날 사람이 없다는 이유가 더 컸다. 사람들은 넓은 공간을 드문드문 차지한 채 책을 읽었다. 읽고 싶었던 시집을 꺼내들었다.

사람이 온다는 건
실은 어마어마한 일이다.
그는
그의 과거와
현재와
그리고
그의 미래와 함께 오기 때문이다.
한 사람의 일생이 오기 때문이다.
부서지기 쉬운
그래서 부서지기도 했을
마음이 오는 것이다.

—정현종, 「방문객」 중에서

아내가 곁을 떠난 자리에 아이가 왔다. 아이를 돌보며 내가 몰랐던 아이의 과거를 만났고 아이의 미래를 같이 키워나갔다. 아이만 바라보았던 나의 눈, 아이의 목소리에 귀를 기울였던 나의 귀. 그러고 보니 내가 하는 말에서 많은 경우에 주어는 '아이'였다.

사람이 온다는 건 그의 인생이 함께 오는 것이라는데 지난 몇 년 동안 나의 삶에 대해서는 그다지 많이 생각하지 않았다는 걸 문득 깨달다. 지금 나의 모습이 내가 원하는 모습일까?

쉽게 대답을 할 수가 없었다. 사람들을 만나 많은 대화를 하던 과거의 '나'와 오전부터 누구도 만나지 않은 채 혼자서 시간을 보내는 오늘의 '나'. 같은 한 사람이지만 다른 시간 속에서 다른 모습으로 사는 나는 밝은 낮과 어두운 밤처럼 달랐다. 그런 내가 낯설었다. 혼자서 책을 읽고 혼자서 음악을 듣고 혼자서 길을 걸었다.

이젠 점심도 혼자서 먹어야만 했다. 점심을 먹기 위해 집으로 오면 어렸을 때 '남구야, 학교 갔다오니?' 하던 어머니 목소리가 떠올랐다. 그 목소리는 내가 오기를 무척이나 기다리던 목소리였다. 세상에서 단 한 사람이라도 나를 기다려주는 사람이 있다는 건 무척 행복한 일이었다.

지금은 아무도 기다려주는 이가 없다는 사실을 알리는 듯 문을 열면 문을 여는 소리만 들렸다. 식탁 위에 밥과 반찬을 꺼내 놓으면서 옛 기자 생활이 떠올랐다. 내가 만나고 싶은 사람이 있었고 나를 만나고 싶어하는 사람들도 있었다. 약속으로 꽉 찼던 식사 시간은 사람을 만나는 시간이었다. 가끔씩 찌개를 앞에 두고 점심 때부터 술잔이 오가기도 했다. 회사 이야기, 사회 이야기, 다른 언론사 이야기들로 대화거리는 넘쳐났다. 저녁즈음 기사를 마감하면 다시 또 다른 약속 장소로 향했다. 집은 잠을 자는 여인숙이었고 하루 중 15시간 이상 사람들을 만나면서 보냈다. 사건 현장엔 기자들과 경찰들이 북적였고, 억울한 사연이 있다며 제보를 한 시청자들과도 시간을 내 따로 만났다.

그렇게 사람을 많이 만나는 게 일이었는데 어느새 아이를 빼면 만나는 사람이 아무도 없는 일상이 되었다. 극단적으로 밖에서 생활했던 과거의 '나', 그리고 극단적으로 아무도 만나지 않는 지금의 '나'. 너무나 다른 내 모습이 느껴질 때마다 질문 하나가 마음속 깊은 곳에서 들려왔다.

진짜 나의 모습은 뭐지?
내가 아는 나는 과연 나일까?

문득 헤르만 헤세의 말이 떠올랐다.

오로지 내 안에서 저절로 우러나오는 것에 따라 살아가려 했을 뿐이다. 그것이 어째서 그리도 어려웠을까.

—헤르만 헤세, 『데미안』 서문 중에서

그 질문에 답을 찾고 싶다가도 아이가 오면 다시 아이 얼굴을 바라보며 아이와 함께 시간을 보냈다. 그런 질문을 던지는 것조차 사치스럽게 느껴졌다.

2.
육아라는 직업

'사랑한다'의 반대말은 '사랑했다'라고 했던가. 육아휴직 기간 1년 동안 육아는 즐거웠다. 끝이 있었으니까. 하루하루가 아쉬웠다. 아이와 보내는 달콤한 시간이 육아휴직 기간만큼만 허락된다고 생각을 하니 그랬다. 순간순간이 행복이었다. 게다가 당시엔 부모님과 함께 지냈으니 끼니 걱정도 없이 그저 아이와 노는 데만 집중을 했다.

사직서를 내고 전업주부가 되어보니 즐거웠던 육아는 해야만 하는 숙제로 바뀌어 다가왔다. 육아라는 직업. 쉬고 싶다고 회사에 출근하지 않는 회사원이 없는 것처럼, 직업의 세계에선 정해진 시간, 정해진 장소에서, 주어진 일을 해야만 했다. 언젠가 퇴임을 한다는 걸 알고 있지만, 퇴임 날은 영영 오지 않을 것 같은 느낌으로 하루하루를 보내는 게 직업인의 일상이었다.

식사 시간은 회사를 그만둔 바로 그다음 날부터 나에게 "당신은 이제부터 본격적인 주부의 삶을 시작합니다"라고 알려주었다. 일정한 간격을 두고 꼬박꼬박 찾아오는 식사 시간. 어머니가 음식을 차려줄 때는 먹기만 했었는데, 음식을 직접 차리는 입장에서는 식사 전과 식사 후의 일까지 책임져야 했다. 마트에서 본 갈아놓은 마늘 값이 터무니없이 비싸 집에서 마늘을 빻아 준비하는 일도 그랬고, 대파를 사다가 다져놓는 일, 양파를 사서 껍질을 벗겨놓는 일도 그런 일 가운데 하나였다. 게다가 입이 남다른 아들은 한식을 좋아했다. 밥을 먹을 때마다 아빠 밥이 할머니 음식보다 맛없다고 지적하면서 꼭 집밥을 부탁했다. 아이의 평가와 요구는 모순이었지만, 끼니때마다 곧잘 외식을 주제로 한 어머니 설교를 생각하면 이해가 갔다. 민호는 할머니 말은 참 잘 받아들였다.

"남구야 이거 보이니?" 어머니는 가끔씩 오셔서 내 눈엔 안 보이는 여러 청소거리들을 알려주셨다. 가스레인지 위에 떨어진 기름자국을 말씀하시더니만 어느 날엔 가스레인지 위에서 고개를 숙이며 위를 쳐다보시더니 손짓을 하셨다. 이것 보렴. 어머니를 따라 가스레인지 위에 매달린 환풍기 위를 쳐다보니 환풍기 공기 흡입구엔 찌든 기름때가 덕지덕지 붙어 있었다. 난 모르는 게 약이라고 생각하지만, 어머니는 항상 아는 게 힘이라고 생각하는 모양이다. 어머니의 가르침으로 눈이 트이면 더 이상 치우지 않을 수가 없었다. 이제는 보이니까.

게다가 어머니는 숨은 먼지를 찾아내는 탁월한 눈을 가졌다. 손가락으로 피아노 덮개를 한번 쓱 훑고 난 뒤 어머니는 검게 변한 손가락을 내 눈 앞에 가져다놓았다. "이 먼지를 누가 먹겠니?"라고 질문하시면서. 책상 위 유리, 벽에 걸린 액자, 선풍기 뒷날개. 어머니 덕분에 집안 구석이 어디인지, 그리고 그 구석 안에 숨은 먼지가 얼마나 자리를 잡고 있는지를 깨달았다. 많이 알수록 편해지는 게 아니라, 오히려 몸이 더 힘들었다.

민호는 먼지가 아니라 모래를 뒤집어쓰고 다녔다. 손톱 아래에 모래가 콕콕 박힐 만큼 바닥의 흙을 파내려가 구멍을 뚫는 게 아이의 놀이 가운데 하나였다. 아예 주저앉아서 더러워진 바지, 모래 속으로 깊이 파묻힌 운동화. 기분이 한층 좋은 날엔 모래밭에 드러눕기도 했다. 드러누운 아이 배 위로 아이 친구들은 모래성을 쌓았다. "움직이지 마, 민호야." 아이들은 민호가 움직이면 성이 무너진다면서 정성스레 손으로 모래를 퍼 날랐다. 민호는 아빠도 무척 즐거울 거라고 상상을 한 듯 "아빠, 나 봐라"하며 밝게 웃곤 했다.

가끔 사람들이 물었다. 직장 다니는 게 힘드세요, 아니면 집안일 하기가 더 힘드신가요? 이럴 때 쓰라고 만들어놓은 말이 있다. 두말 하면 잔소리. 회사에 있을 때는 눈이 바빴다. 모니터를 보고, 기사를 쓸 때는 글자를 보고, 가장 힘든 일이라고는 키보드 자판 위에서 손가락을 움직이는 정도였다. 후배들이 써온 기사를 열어보고, 회사에서 올린 공지사항을 보고. 엉덩이를 받힌 의자야 힘들었겠지만 직장에선 앉아 있는 시간이 대부분이었다. 근무 시간 동안 쉴 새 없이 눈동자를 굴렸다면, 퇴근 이후에는 쉴새 없이 입을 움직였다. "위하여!" 한번 외치고 들이켜는 소주 섞인 맥주, 그리고 안주.

집안일엔 눈보다 손발이 바빴다. 음식 하나를 장만하더라도 힘이 들었다. 문자 그대로 살림은 '힘'을 들여야 한다. 냉장고에서 음식물을 꺼내는 순간부터 허리를 구부려야 했고, 당근 하나를 썰더라도 집게 손가락에 힘을 주어 칼질을 했다. 음식 준비부터 설거지에 이르기까지 대부분 집안일은 서 있는 경우가 많았다. 아무리 세제가 좋아졌다고 하지만 양말 바닥의 검은 때는 손으로 비벼야 했고, 마룻바닥 위를 닦아낼 때도 힘을 주지 않으면 묵은때는 지워지지 않았다. 그러다가 "지겨워! 안 할래!" 하며 소리지르고 그만둘 수 없는 건, 아무 생각 없이 웃는 아이 얼굴 때문이었다. 다시 젖은 행주를 부여잡았다. 나에게 집안일은 전혀 준비하지 않은 과목의 시험을 보는 것처럼 힘겨웠다.

그나마 다행인 건 경제 관념이 생겼다는 거다. 그나마. 직장 생활을 할 때는 카드 한 장 지갑 안에 넣고 다니며 긁으면서 얼마의 돈이 나가는지는 계산하지 않았다. 결제 내역을 볼 엄두가 나지 않았다. 하지만 이제는 매일 밤 하루에 얼마의 돈을 썼는지 확인한다. 아이와 살아가야 하니까. 돈을 얼마큼 쓰는지 안다고 해서 바로 돈을 아껴 쓰는 건 아니었지만, 돈의 관념이 조금씩 생겼다는 건 그나마 나에게 무척 다행이었다. '0'과 '1'은 하나 차이라기보다는 아무 것도 없는 상태에서 벗어났다는 걸 의미하는 것처럼. 인터넷뱅킹을 스스로 활용하기까지 무려 40년 가까운 시간이 걸렸다.

하루가 저물면 피곤이 몰려왔다. 어쩌면 퇴근 후 술을 마실 수 있는 건 술을 마실 만한 에너지가 남아 있었기 때문일지도 모른다. 민호가 갓난아이였을 때 회사를 마치고 돌아오면 내가 들어온 줄도 모른 채 아이 옆에서 깊이 잠이 든 아내의 모습이 가끔 섭섭했는데, 이제는 이해가 갔다.

3.
새 식구

"남구는 아빠가 좋아, 엄마가 좋아?" 어린 시절 이 질문을 내게 했던 사람은 주로 아버지였다. 말수가 적었던 아버지는 아들들에게 인기가 없다고 생각한 걸까. 엄마가 더 좋다고 하면 아버지가 상처를 받지 않을까 하는 어린 마음에 두 사람 다 좋다고 대답을 했다. 그래도 조금이라도 누가 더 좋으냐는 아버지의 확인 질문에도 두 사람 다 똑같이 좋다며 안전한 대답을 택했다.

이제 아빠가 되고 나니 아이가 나를 얼마큼 좋아하는지가 궁금했다. 지각이다, 숙제해라, 이는 잇몸부터 닦아야 한다, 각종 잔소리를 늘어놓은 뒤 혹여나 아이가 아빠를 싫어할 수도 있을 것 같아 겁이 나면 아이에게 확인을 했다. 아이의 엄마가 없어 선택형 질문은 할 수 없으니 아빠가 얼마큼 좋으냐고 물었다. 민호에겐 아빠를 향한 배려보다 정직함이 중요했다.

"난 삼촌이 제일 좋은데."

"그다음엔?"

"할아버지, 할머니."

"그다음엔?"

"외할아버지, 외할머니."

'아이에게 질문의 의도를 파악하라는 건 아직 무리겠지? 아니면 공감 능력이 떨어지는 건가?' 하다가도 집안에서 가장 잔소리가 많은 게 아빠니까 어쩌면 민호에겐 당연한 반응이기도 했다. 삼촌이 제일 좋은 이유를 물었다.

"삼촌은 나랑 잘 놀아주니까."

아이 말대로 동생은 아이와 놀 때만큼은 친구와 다를 바가 없었다. 동생은 장난감에 생명을 불어넣는 신비한 힘을 지녔다. 그렇게 생명을 얻은 장난감들은 민호와 함께 때로는 전투에 투입되었고 때로는 미지의 탐험을 떠나기도 했다. 민호는 삼촌과 함께 각종 의성어를 쓰며 장난감 동작 하나하나에 생기를 더했다. 슈육. 퍽. 윽. 장난감이 아이 손에서 떠나지 않는 한 나는 동생의 인기를 따라잡을 수 없을 것 같았다.

두 사람만 사는 공간에 잠시 함께 머무를 수 있는지를 동생이 물었다. 기존에 살던 집 전세기간이 만료돼 이사를 가야 하는데 새집을 구할 때까지 잠시 공백이 생긴다는 것이었다. 그 제안을 거부할 이유는 단 하나도 없었다. 민호에겐 같이 놀아줄 친구 한 명이, 나에겐 아이를 돌봐줄 어른 한 명이 더 생기는 거니까. 반가워하는 나의 마음이 들킬까봐 생각 좀 해보자고 했지만, 이미 제안을 듣는 순간 호박이 넝쿨째 들어온 느낌이었다.

삼촌의 이사 소식을 전하자 아이는 환호성을 질렀다. 그때부터 민호는 수시로 물었다.

"아빠, 삼촌 오는 날까지 며칠 남았어?"

"한 2주?"

"아빠, 이제 삼촌 오는 날까지 며칠 남았어?"

대답을 하다가도 한편으론 섭섭한 마음에 그냥 삼촌이랑 살라고 했다.

민호가 꿈에 그리던 삼촌이 이사 온 날, 휑한 집이 북적이기 시작했다. 이제 밥을 먹더라도 두 사람이 아닌 세 사람이 함께였다. 식구가 한 사람 더 늘었을 뿐인데 조용했던 집 안 공기는 오가는 대화로 꽉 찼다. 삼촌은 가끔씩 게임도 했고 아이와 같이 간식도 먹으러 다녔다. 필요하면 장난감을 들고 아이와 눈을 마주하며 소리를 지르기도 했다. 슈육. 퍽. 윽.

그렇다고 삼촌에게 바라는 게 없는 건 아니었다.

"삼촌, 결혼하지 마."

뜬금없이 삼촌 인생에 관여하는 소리에 놀라 이유를 물었다.

"왜?"

"삼촌이 결혼하면 나랑 안 놀아줄 테니까."

"삼촌이 결혼하면 너랑 놀아주지 않는대?"

"삼촌이 결혼하면 아기를 낳을 거고 아기를 낳으면 나 대신 아기를 예뻐할 테니까."

만으로 벌써 서른여덟의 동생. 행복한 가정을 꾸렸으면 하는 바람은 온 가족이 같았지만 오직 민호만은 달랐다. 민호는 영원히 어른들의 사랑을 독차지하고 싶어하는 듯했다. 다른 사람은 몰라도 적어도 삼촌에게는 말이다.

동생은 냉장고를 수시로 들여다보며 위아래를 살폈다. 그러면서 혼자 한숨을 쉬곤 했다. 어렸을 때부터 내가 주위를 어지럽히고 다니면 동생은 군말 없이 자신은 지저분한 게 싫다며 말끔하게 정리정돈을 했었다. 그런 동생이 집에 들어와 냉장고 속을 살펴보니 나의 게으름을 들키는 것 같아 동생의 눈빛 하나에도 신경이 쓰였다. 오래된 반찬 앞에서 혼잣말로 중얼거리는 소리도 나에겐 무척 크게 들렸다.

"이건 유통기한이 언제야?"

동생은 그릇부터 수저통까지, 창고에서부터 안방에 이르기까지, 정리정돈이 가지런하게 되어 있어야만 마음이 편하다고 했다. 물론 먼지도 없어야 했다. 냉장고를 살핀 동생은 평소에 청소를 미룬 장소만을 골라 하나씩 눈길을 주고 멈추기를 반복했다. 피아노 건반 위나 서랍장 위를 확인할 때는 고개를 비스듬하게 숙인 채 내려앉은 먼지를 살폈다.

"형, 내가 알아서 그냥 버릴 건 버릴게."

결국 동생은 대청소를 하겠다는 뜻을 밝혔다. 동의까지 구할 필요가 있을까. 옷을 제외하고는 마음대로 하라고 했다. 동생은 아버지의 인테리어 사업을 같이 하면서 가장 먼저 배운 게 바로 청소라며 자신감을 표했다. 나는 속으로 외쳤다. 화이팅.

동생이 청소를 시작한 날, 마루는 점점 발을 디딜 틈이 없이 쓰레기로 쌓여갔다.

"형, 버리는 건 한꺼번에 싹 버리는 거야."

대청소를 할 때는 쓰레기를 중간중간 버리지 말라면서 청소 노하우를 가르쳐줬다. 민호와 나는 소파에 앉아 청소를 하는 동생을 멀뚱멀뚱 쳐다봤다. 동생의 청소 방식은 남달랐다. 물건을 대충 훑어본 뒤 필요 없다 싶으면 마룻바닥으로 휙 던졌다. 동생은 제일 먼저 냉동실을 정리한 뒤 이어서 냉장실을 정리했다. 그리고 베란다로 가 버릴 것들을 하나씩 마루에 던졌다. 동생과 나는 청소를 하는 장소부터가 달랐다. 난 사람들 눈에 띄는 곳을 먼저 청소하고 보이지 않는 곳엔 손을 대지 않았지만, 동생은 사람들 눈길이 닿지 않는 곳부터 하나씩 정리해나가며 마지막에 열린 공간을 청소했다. 아이 옷장을 끝으로 정리를 마친 동생 얼굴엔 미소가 가득했다.

"이제 정리가 좀 됐네."

그 말엔 반박할 수 없었다. 집은 환해졌고 또 넓어졌다. 민호와 나는 소파에 앉은 채 땀 흘리는 동생을 향해 박수를 쳐주며 입으로 열심히 응원을 했다. 수고했어 동생, 수고했어 삼촌.

어린 민호는 커다란 침대 옆에 아빠 대신 삼촌이 있기를 원했다. 자신은 아빠보다 삼촌이 좋다면서. 처음에는 섭섭했지만 곰곰이 생각을 해보니 아이가 행복해하는 것 같아 내 섭섭함을 지워버렸다. 삼촌은 혼자서 편하게 잠을 자는 자유를 잃은 대신 아이는 세상에서 제일 좋아하는 삼촌과 함께 잠을 자는 행복을 얻었다. 삼촌은 새벽이면 등 뒤로 들어오는 민호 손 때문에 몇 번씩 잠에서 깼다.

4.
명함

동생에게 민호를 맡기고 모처럼 저녁에 외출을 했다가 집으로 돌아오는 길이었다. 전철 플랫폼에서 낯익은 얼굴이 보였다. 짧은 은색 머리카락과 단정한 양복, 그리고 양 어깨에 걸친 가방으로 멀리서도 누구인지 알아볼 수 있었다. 5년 전 보건복지부를 출입하며 기사를 쓰던 시절, 친분이 있었던 보건복지부 부대변인이었다. 적극적이고 부지런한 움직임이 인상 깊었다. 플랫폼에서 만난 그의 모습은 여전히 분주했다. 그는 곁에 있는 지인과 쉼 없이 대화를 나누고 있었다.

그는 공직자였기 때문에 기자였던 나와는 가까우면서 먼 그런 관계였다. 공무원을 감시하고 비판하는 것이 기자의 일인지라, 관계의 접점을 놓고 마음속으로 줄다리기를 하기도 했다. 대화 중에 긴장의 벽이 허물어진 걸 느꼈을 때면 다시 그 벽을 마음속으로 세웠다. 오랜 시간이 지나 예상하지 못한 순간에 같은 공간에서 고생했던 사람과 만나니, 더 이상 긴장의 벽은 온데간데없고 반가움만이 가득했다.

"안녕하세요, 부대변인님."

눈을 보니 이날도 한껏 술을 마신 듯했다.

"어 이게 누구야, 강 기자님."

여전히 나를 기자로 불러주었다. 그는 항상 그랬던 것처럼 하얀색 와이셔츠에 넥타이를 매고 가방을 비스듬하게 어깨에 걸친 모습이었다. 처음에 놀란 목소리는 이내 반가운 표정과 함께 밝게 변해갔다. 사람을 대하는 긍정적인 능숙함도 여전했다. 그는 외모뿐만 아니라 목소리와 태도에 이르기까지 예전 모습 그대로였다.

그는 동행하는 사람을 소개했다. 건장한 체격에 코트를 입은 그가 인사를 하며 명함을 건넸다. 명함 위에 새겨진 글자는 간결하게 그를 설명했다. 그가 어떤 일을 하고 어떤 자리에서 누구를 만나며 이 시간까지 내가 알던 사람과 왜 만났는지 그리고 조금 전까지 어떤 이야기를 나누었을지 짐작할 수 있었다.

처음 만난 그가 손을 내밀었다. 그는 자신의 직책을 말하며 내 손을 잡았다. 그러면서 내가 누구인지 밝히기를 기다리는 듯 손을 놓지 않은 채 미소를 지었다.

"안녕하세요, 예전에 복지부를 출입했던 강남구입니다."

그렇게 나를 설명했다. 지금의 내가 누구인지를 설명하지 않은 채 과거의 나로서 나를 소개했다. 지금의 나를 어떻게 설명해야 할지 그 짧은 순간에 아무런 생각이 떠오르지 않았다.

그가 내민 손은 같이 맞잡으면 됐지만, 그가 건넨 명함의 답례로 건네야 할 나의 명함은 더 이상 없었다.

"회사를 그만두고 아직 별다른 명함을 만들지 못했습니다."

그 말과 함께 맞잡은 손이 풀려났다.

회사를 그만두고 아이를 키우면서 나를 어떻게 설명해야 할지 공식적인 자리에 가면 고민이었다. 외부 강연이나 식사 자리에선 사람들은 명함을 건네지 못한 나에게 '선생님' 또는 '작가님'이라고 불러주지만 그 호칭은 어색했다. 책 한 권을 내고 작가라고 명함을 만들기도 그렇고, 주부라는 명함을 만들 수도 없는 노릇이었다. 기자라는 이름으로 보낸 시간은 10년을 훌쩍 넘겼고 작가나 선생님이란 호칭을 들은 지는 이제 막 1년이 되었다. 동네에선 '민호 아빠'가 더 익숙했다.

엄마들도 대부분 명함이 없었다. 놀이터에서 만나든, 도서관에서 만나든 부모끼리 만나면 그 만남이 초면이라도 어색하지 않았다. 명함을 주고받지 않아도 주저함이 없었고 우리는 그저 아이를 키우는 부모라는 사실을 자연스럽게 받아들였다. 놀이터에 나와 있는 부모들은 아이를 돌보기 위해서 나온 것이어서 그 공간 안에선 내가 좋아하는 음식이나 관심 있는 취미에 대한 이야기보다는 아이의 교육과 아이를 위해 차리는 음식 이야기가 주로 오갔다.

놀이터에서 만난 사람들에겐 '엄마'란 호칭이 곧 명함이었다. 아이의 엄마. 그 말 속에 엄마의 이름은 없다. 엄마들에게는 그저 '엄마'라는 직책이 전부였다. 그리고 '민호 아빠'라고 부를 때는 아이의 이름이 내 이름을 대신했다.

명함이 없다며 머뭇거리자 복지부 부대변인이었던 지인이 나를 대신 소개했다. 5년 전쯤 복지부를 출입했던 기자였고, 예기치 못한 아내와의 이별로 현재 아이를 돌보고 있다고 전했다. 아이를 키우는 사람과 고위 공무원은 어떤 말을 주고받아야 하나 난처했던 순간, 고마운 질문 하나가 들렸다.

"강 기자님, 지금 어디 사세요?"

"과천에 삽니다."

처음 만난 그가 이어서 말을 했다.

"아 그래요. 저도 과천에 삽니다."

겨우 공통의 관심 주제 하나를 찾았다. 처음 만났지만 같은 동네에 산다는 그 말 때문에 이제 기자와 공직자의 관계를 떠나 동네 이웃으로 서로를 바라봤다. 그가 과천에 살아서 고마웠다. 사회복지나 의료와 관한 이야기를 그가 시작했더라면 난 한 마디도 거들지 못할 것만 같았다. 살림이나 육아, 집안일과 관련해서는 할 말이 많았지만, 어느새 한국 사회는 내게 바다 건너 먼 나라처럼 느껴졌다. 그 순간, 그가 물었다.

"아이가 몇 명이세요?"

"한 명입니다."

그는 아이가 한 명이라는 말에 안타까워했다. 우리는 전철 안에서 꽤 오랫동안 육아의 즐거움을 이야기했다.

"아이를 돌보는 게 그렇게 행복한 일인 줄 몰랐습니다. 어쩔 수 없이 아이를 돌보게 되었지만 다시 돌아오지 않을 거라고 생각하면 무척 고마운 시간이거든요."

예전부터 알고 지냈던 부대변인은 중간에 내렸고 둘만 남은 우리는 더 많이 가족 이야기를 했다.

"저도 아이에게 미안해요. 항상 이렇게 술 먹고 일에 치여 늦게 들어가니까요."

상대는 시종일관 미소를 지으며 혼자 아이를 키우는 젊은 아빠의 이야기를 들어주었다. 그러면서 자신도 때로는 그렇게 아이와 시간을 오래 보내고 싶다고 했다. 그보다 내가 먼저 내려야 했다.

"만나 뵙게 되어서 반가웠습니다."

그도 반가웠다는 말을 하면서 문득 떠오른 생각 하나를 물어왔다.

"그런데 지금 아이는 누가 돌보고 있나요?"

밤 10시 반이 넘은 시각, 짧은 만남에서 육아가 즐겁고 가족과 함께하는 시간이 소중하다고 한참 말했는데, 당혹스러웠다. 그렇게 육아의 행복에 빠져 있는 아빠는 왜 지금 이 시간에 여기에 있으며 아이는 누가 돌보느냐는 말처럼 들렸다. 나는 머뭇거렸다. 집 밖으로 나와 시간을 보내고 싶어서 동생에게 아이를 맡기고 왔다고 대답할 수는 없었다. 모처럼 자유로웠고 아이가 아닌 어른을 만나 즐거웠던 이날, 지금까지 전철에서 했던 말의 내용과 정반대의 모습을 한 내가 보였다. 육아는 즐거움이자 행복이라며 스스로에게 그리고 사람들에게 말을 하며 다녔지만 따지고 보니 동생이 이사를 오고 난 뒤부터는 틈만 나면 집 밖으로 나가고 싶어했다.

전철역에서 내려 집으로 돌아오는 길, 마음속 깊은 곳에서 질문 하나가 들려왔다. 넌 정말 육아가 행복하니?

5.

진짜로 원하는 삶

회사를 그만두기 전에 몇몇 지인들에게 퇴사를 알렸다. 앞으로의 변화를 전하면서 한편으로는 위로와 격려도 받고 싶었다. 평소에 친하게 지낸 국회 보좌관도 그중 한 명이었다. 대학 동문이어서 가정사까지 털어놓을 만큼 가까운 관계였다. 국회 인근에서 취재를 할 일이 생기면 짬을 내 커피 한잔을 같이하기도 했는데, 앞으로는 그럴 기회도 거의 없을 것 같았다.

"나 회사 그만둘 것 같아."

그는 안타까운 눈빛으로 나를 쳐다봤다. 찬성이나 반대의 의견을 직접 밝히지는 않았지만 걱정스런 마음을 내비쳤다.

"그만두고 뭐 하게? 그리고 당장 돈은 어떻게 벌려고?"

"그냥 아이랑 같이 시간 보낼래. 동네 아이들 모아 글쓰기 수업하면서 돈은 벌면 될 것 같고."

그는 부지런한 사회인이기도 했지만 동시에 민호와 비슷한 또래의 아이를 키우는 아빠이기도 했다. 앞으로의 계획을 묻는 말에 대학원에 진학하고 싶다고 답했다.

"심리학 공부를 하고 싶어."

"심리학?"

살림에 음식도 제대로 못하는 데다 돈도 벌면서 아이까지 키워야 하는데 난데없이 심리학이라니. 상대의 놀란 반응은 어쩌면 당연했다.

"원래 전공도 아니잖아."

이공계에서 기자가 되겠다며 신문방송학과로 옮겨 전공 하나를 더 했는데, 다시 심리학을 공부하겠다고 하니 전공이 벌써 세번째였다.

"심리상담을 하고 싶어."

내가 중고등학교를 다닐 때는 취직이 잘된다며 많은 학생들이 이과를 선택했다. 그렇게 나도 많은 사람들의 선택을 따라 이과를 갔고 수학능력시험 점수에 맞춰 대학에 입학했다. 불안하지도 않았다. 적어도 중간은 갈 거라는 기대 때문이었다. 남들처럼 중간에서 따라간 결과 대학 전공은 무척 힘들었다. 맞지 않은 옷을 억지로 껴 입은 듯 답답했다.

부모님에게 기자가 되고 싶다고 선언을 한 건 비로소 내가 원하는 일을 하겠다는 의지라고 생각했다. 그렇게 찾아간 신문방송학과에서 전공 수업을 들으며 기자가 되기 위한 준비를 시작했다. 지금 돌아보면 기자라는 일이 좋아서라기보다 기자를 바라보는 주변의 평가와 인정이 달콤해서였다.

내가 진정으로 원하는 게 무엇인지를 찾기란 여전히 어려웠다. 내가 진짜로 원하는 삶을 살기 위해선 진짜인 나를 먼저 찾고 이해해야 했으니까. 남들의 시선과 평가를 나중으로 미루기로 했다. 누구도 인정하지 않더라도 오롯이 나로서 하고 싶었던 것, 그것은 차갑게 변한 아내와 마주한 날 가슴깊이 내가 나에게 한 다짐이기도 했다.

『꿈의 해석』을 쓴 프로이트, 『미움받을 용기』의 아들러. 그들의 이름을 생각하면 추위를 견뎌낸 작은 초록의 새싹이 땅을 뚫고 머리를 내밀었을 때처럼 설레었다. 심리학은 한 번도 해보지 못했던 경험을 내게 줄 거란 기대가 생기기 시작했다. 꿈을 해석하든 미움받을 만큼의 용기를 얻든, 심리학은 나에게 가고 싶은 보물섬의 세계였다. 상상 속 어딘가에 있는 곳. 그 섬에 들어가 때로는 달리고 때로는 걷다보면 생각하지도 못한 아름다운 보물을 발견할 수 있는 섬. 그 보물섬엔 사람들의 마음으로 들어가는 길을 가르쳐주는 비밀지도가 묻혀 있을 거란 소망도 어느새 내 마음에 싹을 틔웠다.

"아이와 심리상담을 받으면서 심리학 공부를 하고 싶다는 생각이 들었거든. 힘든 아이 마음을 다독여주고 스스로 일어서게 하는 모습을 보면서 나도 저렇게 사람들 마음을 안아주고 일으켜 세워주면 참 좋겠다 싶었어."

마음 한편엔 아이의 사춘기를 대비하고 싶은 마음도 컸다. 아이 상담을 종료하는 날, 아이를 돌봐주었던 교수님은 민호가 다른 아이들보다 사춘기를 더 심하게 겪을 수 있다고 했다. 그 말을 떠올리면 두려웠다. 아이의 슬픔이나 분노를 내가 감당할 수 없으면 어떡할까 하는 두려움. 아빠의 슬픔은 옅어지겠지만 그와 반대로 아이의 슬픔은 더 커져갈 거라는 말도 아이 얼굴을 볼 때마다 가끔씩 생각이 났다. 혹시 아이가 나중에 엄마를 그리워하며 힘들어한다면 아이의 마음을 꼭 안아주고도 싶었다. 그 방법을 심리학은 알려줄 것이라고 생각했다.

"고등학교 동기 한 명이 이번에 심리학 교수가 됐던데, 한번 만나볼래?"

"물론이지."

바로, 크게, 대답했다.

기자란 직업은 나에게 듣는 습관을 몸에 새겨주었다. 스스로 판단하기보다는 전문가를 찾아 자문을 구하는 습관. 회사를 그만둔 이유 중 하나도 아이 곁에는 양육하는 사람이 있는 게 좋다는 여러 전문가의 조언이기도 했다. 앞으로의 인생 계획을 위해서 다시 전문가의 말을 듣기로 했다. 기자 생활을 접고 느닷없이 심리학 공부를 하고 싶다는 한 남자를 위해 보좌관과 그의 친구인 젊은 교수가 저녁 시간에 한 공간에 모였다.

젊은 교수는 나에게 위로와 격려보다는 냉혹한 현실을 있는 그대로 전해주었다. 지나고 보면 상담심리학을 공부하고 싶은 열망만 있었지 학교에 입학하기 위한 준비나 필요한 자격과 조건 그리고 졸업 이후 내가 만나게 될 현실에 대해선 꼼꼼하게 따져본 적이 없었다.

"웬만하면 회사 그만두지 말아요."

그가 마지막 당부라며 나를 말렸다. 오랜 시간 이야기를 주고받았는데 내 미래의 명함은 여전히 어떤 글자가 기록될지 모른 채 백지로 남아버렸다.

얼마 뒤 그 젊은 교수로부터 문자가 왔다.

"교수님 한 분을 소개해주고 싶어서요."

특히 그 젊은 교수가 일하는 대학교엔 예전부터 꼭 한번 만나고 싶은 분이 있었다. 그런데 마침 그분 성함을 들으니 뛸 듯이 반가웠다.

"제가 꼭 만나고 싶었던 교수님이에요!"

그렇게 보좌관과의 인연은 새로운 인연을 만들었고 새로운 인연은 평소에 뵙고 싶었던 새 인연을 연결해주었다. 약속 장소에 먼저 도착해 자리를 잡았다. 어떻게 인사를 해야 할까. '안녕하십니까, 강남구라고 합니다.' 이렇게 말을 해야 하나. 아니면 '바쁘신데 와주셔서 진심으로 감사합니다.' 이렇게 말을 해야 할까. 입사 면접시험을 앞둔 것처럼 첫인사를 연습하면서 소박한 식당 안을 두리번거리는데 문이 열리는 소리가 들렸다. 소리와 함께 벌떡 일어났다. 온화한 미소를 지은 교수님은 인사말과 함께 손을 내밀었다.

고개가 절로 허리까지 숙여졌다. 교수님을 꼭 뵙고 싶었다는 말을 전했다.

"심리학을 공부하고 싶어하신다고 들었는데요."

그 말씀이 고마웠다. 누군가 내 이야기를 경청해줄 것 같은 느낌이 들면, 내가 나에게만 말할 수밖에 없었던 비밀이 밖으로 흘러나왔다. 행복한 일이었다.

"네, 갑자기 아내와 사별하고 아이와 함께 심리상담을 1년 6개월 동안 받았습니다. 그 기간 동안 참 많은 걸 배우고 느꼈거든요. 심리학을 배우면서 힘든 사람을 돕고 싶다는 마음이 언제부터인가 생기기 시작을 했습니다."

교수님은 묵묵히 지난 이야기를 들어주었다. 단어 하나하나까지 받아주는 듯했다. 아이의 사춘기가 두렵다거나 아이로부터 받을 상처가 두려워서 심리학을 배우고 싶다는 이야기는 쏙 뺐다. 평소에 보고 싶은 사람을 만나면 나의 좋은 모습만 보여주고 싶어하는데 그날도 그랬다.

한참 이야기를 듣던 교수님이 말문을 열었다.

"상담심리학을 공부하세요."

내가 듣고 싶은 말을 상대로부터 들으니 고마웠다. 대학원의 꿈을 꾸기 시작한 건 그 말을 듣는 순간부터였다.

"아픔이 있는 사람은 다른 사람의 아픔을 공감할 줄 압니다. 머리가 좋고 똑똑하다고 심리상담을 잘하는 건 아니거든요. 깊은 시련을 경험한 사람일수록 다른 사람의 시련을 이해하고 잘 들어줍니다."

심리학이란 보물섬의 세계를 찾아 들어가기로 했다. 해야 할 일을 머리로 다짐하면 실행하기 위해 계획을 세우고 노력하지만, 하고 싶은 일을 찾아 나서면 특별한 계획을 세우지 않아도 손과 발과 눈이 먼저 움직였다. 나와 내 아이를 지켜준 상담심리학을 배우고 그 배움을 사람들에게 나누어주겠다는 꿈. 힘들어하는 나와 다른 이의 어깨를 다독여주며 인생이란 조용한 숲길을 사람들과 함께 걸어갈 수 있을 것 같았다. 새로운 꿈을 꾸기 시작했다. 앞으로 10년 뒤 만들 명함을 머릿속으로 그렸다.

심리상담 전문가 강남구.

6.
새로운 시작

10여 년 만에 대학 교정을 다시 찾았다. 교정은 하얗게 빛났다. 흙을 품었던 대운동장이 사라지고 그 자리엔 네모반듯한 하얀 돌들이 군대 행렬처럼 줄지어 있었다. 정겹던 시골 마을에 아스팔트가 깔리고 시멘트가 섞인 양옥이 들어설 때 느낌이 이랬을까. 흙으로 뒤덮였던 운동장이 보고 싶었다. 대학 본관 옆에 있던 추억이 담긴 커다란 나무 한 그루는 그대로였다.

결혼하기 전 아내와 가끔 왔던 교정이기도 했다. 두 사람은 정문에서 대학 한가운데 자리잡은 본관 옆 큰 나무 아래까지 걷곤 했다. 그 나무 아래엔 벤치가 있었는데 그곳에 앉아 서로의 학창시절 이야기를 나누곤 했다. 〈아낌없이 주는 나무〉의 한 장면처럼 그 나무 아래로 다가가 나무를 올려다봤다. 나무는 그대로인 듯한데 어느새 나는 흰머리가 드문드문 보이기 시작했다.

한낮의 교정은 평온했다. 사건도 없고, 사고현장도 주변엔 없었다. 교정엔 혈흔도 없고 경찰관이나 소방관들도 없었다. 나를 바라보는 공무원들도 카메라기자도 없었다. 조용하고 평화로운 세상에 나 혼자 갑자기 '툭' 떨어진 듯했다. 가방 안에는 수험표 한 장이 들어 있었다. 가슴을 따라 입학시험을 보러 가는 이 길에 주변 사람들의 박수나 인정은 없겠지만, 적어도 단 한 사람, 그 길을 걸을 수 있는 나 한 사람은 행복할 것 같았다.

집을 나서기 전엔 '떨어져도 괜찮다'면서 스스로를 다독였지만, 막상 교정에 와보니 합격하고 싶은 마음이 점점 더 커졌다. 자기소개서에서도 민호와 함께 1년 6개월 동안 상담을 받은 경험과 그 내용을 바탕으로 책 한 권을 출간한 이야기를 빼곡히 적었다.

면접은 한 번에 세 사람씩 진행됐다. 그냥 '있는 그대로의 나를 보여주자'라고 다짐을 하는 사이 조교가 내 수험번호를 불렀다. 강의실 문을 열고 들어갔다. 지원자 세 사람이 나란히 의자에 앉았다.

"각자 자기 자신을 1분 안에 소개해보세요."

모두 예상하지 못한 질문에 잠시 할 말을 잊었다. 아무도 말이 없길래 먼저 입을 뗐다. 방송 생활 덕분에 머릿속에서 시계가 째깍거리며 시간이 흘러갔다. 여섯 문장에서 일곱 문장이면 1분이 지나간다. 그 안에 내가 누구인지를 설명해야만 했다.

"아내와 예상하지 못한 이별을 했습니다. 아내 앞에서 눈물을 흘리며 제 삶도 언젠가 끝난다는 걸 가슴 깊이 배웠습니다. 그러고 나니 제 삶이 무척 소중하게 느껴졌습니다. 그 이후로 전 제 삶을 무척 사랑하게 되었습니다. 제 삶을 사랑하다보니 다른 사람의 삶도 무척 소중했습니다. 그래서 심리상담을 통해 마음이 아픈 사람들을 돕고 일으켜 세우고 싶었습니다."

그렇게 1분 동안 이 자리에 앉은 이유를 설명했다. 다른 수험생들이 어떤 이야기를 하는지는 귀에 들리지 않았다. 자기소개를 할 때 마음속에 남아 있던 감정이 감각을 잠시 멎게 했다. 면접을 마치고 문밖으로 나가려는데 내가 누구인지를 물어보았던 그 질문이 무척 고맙게 느껴졌다. 면접을 볼 수 있는 기회를 주어서 감사하다는 말과 함께 다시 고개를 숙이며 인사를 했다.

저술가로도 유명한 하버드대학교 심리학과 교수인 대니얼 길버트는 『행복에 걸려 비틀거리다』란 책에서 행복의 조건을 두 가지로 소개했다. 하나는 삶에서 목표를 가질 것. 그리고 또 다른 하나는 그 목표를 향해 다가가고 있다는 느낌을 가질 것. 그럴 때 인간은 행복감을 느낀다고 했다. 행복은 돈도 아니고 편안함도 아니었다. 그는 삶의 목표가 없는 사람은 살아야 할 이유를 찾지 못해 불행하고, 또 목표가 있더라도 그 목표가 너무 크면 오히려 좌절감과 패배감 때문에 불행하다고 했다. 그러니까 자신이 할 수 있을 만큼의 목표를 세우고 그 목표를 향해 다가가는 느낌을 가질 때, 삶이 행복하다는 게 그의 설명이었다. 목표가 없어도, 목표가 너무 거대해도, 삶은 불행에 휩싸인다.

내가 세운 목표가 너무 거대한 걸까. 내가 이룰 수 없는 목표를 세웠다면 오히려 그 꿈은 나를 더 힘들 게 할 것만 같았다. 대학원 면접에서 떨어진다면 꿈을 꾼 시간과 깊이만큼 내가 더 힘들 테니까. 대학원에 합격한다면 심리상담 전문가란 목표에 점점 더 다가간다는 느낌에 행복할 것 같았다. 기대한 결과가 아니라면 그저 "노력하는 한 방황한다"라고 한 괴테의 말처럼 나다운 길을 찾기 위한 방황이라고 생각하기로 했다.

기다렸던 합격자 발표 날. 미리 확인했던 시간에 맞춰 컴퓨터를 켰다. 수험번호를 입력했다. 가슴이 뛰었다. 손놀림도 빠르게 움직였다. 클릭. 클릭. 수험번호와 이름 그리고 전공 아래 빨간색으로 쓰인 두 개의 문장이 보였다.

'축하합니다. 합격하셨습니다.'

그 두 문장을 읽고 또 읽었다. 길버트 교수가 말한 행복은 이 두 문장을 볼 때의 느낌인 듯했다.

다시 꿈을 꾸기로 했다. 다만 예전과 다른 건 남들의 인정을 받기 위한 꿈은 아니라는 것이다. 좋은 일을 하기보다 좋아하는 일을 하고 싶었다. 아내와 이별할 때 내 안에 있던 절망의 문은 내 키보다 훨씬 컸었다. 내 힘으로는 감당할 수 없을 만큼 무거웠다. 그 절망의 문을 향해 부서져라 온몸을 던져보았다. 하지만 아무리 애를 써도 꿈쩍하지 않았다. 바로 그때 아내의 몫만큼 더 아이를 잘 키우겠다는 희망 하나가 보였다. 절망의 문을 열기 위해서는 희망이란 열쇠가 필요했다. 그렇게 나는 다시 새로운 희망 열쇠를 찾아 또 다른 문 하나를 열고 들어가기로 했다.

새 학기가 되니 아빠와 아이는 똑같은 '학생'이 됐다. 학기 전에 구입한 노트와 필기구를 담은 내 가방도 방 한구석에 나란히 놓였다. 아빠와 아이처럼 아빠 책가방과 아이 책가방의 크기도 차이가 났다.

아이와 나의 닮은 점 하나가 새롭게 보였다. 민호는 가끔 꼭 가져가야 한다며 전날 챙겨둔 준비물을 자기 방에 두고 학교에 가곤 했다. 그건 나도 마찬가지였다. 학기가 시작된 지 얼마 되지 않은 날, 대학원에 내야 할 중요한 서류 하나를 제출하지 않아 전화를 걸어보니 그날이 제출 마감일이었다. 그 아빠에 그 아들인 셈이었다. 얼마 전엔 가스 불을 끄지 않아 멀쩡한 프라이팬 하나를 새까맣게 태웠는데.

"몇 시까지 가야 하죠?"

"5시 반까지는 오셔야 하는데요."

시계를 보니 어느덧 4시가 다 되어갔다. 집에서 학교까지 가는 데 한 시간 남짓이 걸렸다. 당장 출발해야 하지만 아직 민호가 집에 도착하지 않았다. 애를 어떻게 하지. 아빠에게 고집을 피울 때는 세상 시련 혼자 다 겪어낼 것처럼 다부지지만 아직까지 집에 혼자 있으면 무섭다고 하는 나이였다.

아이가 있는 학원으로 향했다. 학원 복도에 민호가 보였다. 친구들을 만나러 학원에 간다고 하더니만 민호는 책가방을 멘 채로 복도에서 수다에 빠져 있었다. 세상에 불만이 많은 건지 아니면 좋은 일이 많은 건지 잘 모르겠지만 민호는 말하는 걸 좋아했다. 민호가 하는 말은 '인도라는 나라의 시계는 모두 네 시로 맞춰져 있어서 인도네시아' 같은 것들이 대부분이지만.

민호에게 다가가 이름을 불렀다. 고개를 돌려 평소에 오지 않던 아빠 얼굴과 마주쳤다.

"아빠, 무슨 일이야?"

"민호야, 아빠가 오늘 부탁 하나만 할게. 그 부탁 좀 꼭 들어주라."

"뭔데?"

민호는 선뜻 '응'이라고 대답하는 법이 없다. 일단 들어보고.

"아빠랑 같이 아빠 학교 가자."

잠시 고민을 하던 아이는 학교까지 걸리는 시간을 물었다.

"가는 데 대략 한 시간."

아이는 깜짝 놀랐다.

"뭐, 한 시간?"

학교는 다 같은 학교일 뿐인데 왜 그렇게 멀리 떨어진 학교를 가야 하는지 아이는 납득이 안 됐다.

그래도 이번만큼은 아이를 설득해야만 했다. 아이를 혼자서 남겨두기엔 시간도 거리도 집에서 멀리 떨어진 곳이었다.

"지하철에서 카드 놀이 하면서 같이 가자."

"싫어."

"맛있는 거 사줄게."

"싫어."

아이를 통해 배우는 인생의 두번째 지혜는 웃는 얼굴에 침을 뱉을 수는 없어도, 아빠의 웃는 얼굴에 싫다는 말은 계속할 수가 있다는 사실이다.

"아빠 지금 가면 두 시간이나 있다 올 거야."

"괜찮아."

"네가 전화를 걸어도 아빠는 금방 올 수가 없어."

"괜찮아."

"집에 혼자 있으면 무서울 것 같지는 않아?"

"응."

아이가 아파트 현관으로 들어가는 모습을 보고 전철역을 향해 달렸다. 일단 서류 제출까지 꼭 한 시간이 남았다. 행정실에 전화를 걸어 시간을 겨우 맞출 것 같으니 기다려달라고 부탁했다. 전화를 끊고 나니 아이 얼굴이 떠올랐다. 전화를 걸었다. 통화 연결음이 끝나도록 받지 않았다.

'지금은 전화를 받지 않습니다. 음성메시지를 남기시려면 1번을 눌러주세요.'

아직 만화가 끝나지 않았나. 5분이 지나 다시 전화를 걸었다. 그래도 전화벨만 울려댔다.

대낮이었지만 지하철 창밖은 여전히 어두웠다. 그 어둠이 내게도 조금씩 몰려들었다. 다시 전화를 걸었다. 5시 5분. 5시 9분. 모두 삐 소리를 내고 끊겼다. 열 살도 안 된 아이가 집에 혼자 들어가는 모습을 보고 난 뒤 전화를 받지 않자 불안이 덮쳤다. 뒷목부터 어깨까지 뻣뻣하게 굳어갔다. 어머니께 전화를 걸까. 동생에게 연락을 할까. 새로 이사를 해서 부탁할 만한 이웃도 없었다.

몇 정거장 뒤면 학교 전철역이었다. 학교에서 집으로 가는 시간은 다시 한 시간. 어머니나 동생에게 부탁을 해도 두 사람이 집까지 오는 시간이 내가 도착하는 시간과 비슷했다. 지하철 출입문이 열렸다. 달리기 시작했다. 에스컬레이터를 오른편에 두고 계단을 두세 개씩 뛰어 올라갔다. 버스 창밖에서 사람들이 지나가듯 그렇게 사람들을 지나치며 앞으로 달렸다. 심장은 뛰고 등에서 땀이 흘러내렸지만 상상 속에서 아이는 계속 '아빠 빨리 와' 라고 외쳤다.

"안녕하세요. 여기 서류 가져왔습니다."

가쁜 숨을 몰아쉬며 행정실 교직원에게 서류를 내밀었다. 미리 연락한 터라 교직원은 기다렸다는 듯 서류를 받았다.

"네. 접수 다 되셨습니다."

그 말을 듣자마자 다시 출입문을 열고 달리기 시작했다. 전철역으로 가는 길엔 속도가 더 붙었다. 이번엔 두세 계단씩 껑충 뛰며 아래로 아래로 내려갔다. 다행히 플랫폼에 다다르자 전철이 들어오고 있었다. 시계를 보니 5시 41분이었다. 서류를 접수하고 다시 전철역으로 돌아오기까지 10분이 채 걸리지 않았다.

다시 집으로 전화를 걸었다. 여전히 아이 목소리는 들리지 않았다. 택시를 타야 하나. 퇴근 시간이 가까워 그래도 지하철이 빠를 거란 생각에 지하철에 몸을 실었다.

'괜찮을 거야. 별일 없을 거야.'

스스로를 안심시키기 위해 다독였지만 자꾸 귓가에선 '아빠 빨리 와'라는 아이의 목소리가 들렸다. 몇 차례 더 집에 전화를 걸어도 아이가 받지 않자 이제 완전히 체념했다. 집 근처에서 잘 놀고 있기를 바랐지만 민호가 지금 사는 곳은 예전에 살던 집이 아니라 새로 이사 온 집이었다. 억지로라도 전학을 시키지 않은 후회가 몰려왔다. 집 앞 학교를 다녔다면 그냥 학교에서 놀라고 했으면 그만이었으니까.

집 앞 전철역에 도착하자마자 다시 뛰기 시작했다. 에스컬레이터는 오늘따라 유독 느렸다. 뛰지 말라는 경고문도 무시한 채 성큼성큼 뛰어 올라갔다. 전철역을 나오면서 다시 전화를 걸었지만 여전히 민호는 전화를 받지 않았다. 아파트 정문으로 들어섰을 때 그 정문은 매일 보던 등굣길 정문과는 달라 보였다. 아무것도 예상할 수 없는 미지의 세계로 안내하는 커다란 입구 같았다. 현관 앞에서 서둘러 번호키를 눌렀다.

문을 열고 안으로 달려 들어가며 아이 이름을 크게 불렀다.

"민호야!"

큰 소리로 불렀는데 집 안은 전등 하나 켜져 있지 않았다. 어두웠다. 그 어두운 현관 앞에는 책가방과 신발주머니가 나란히 놓여 있었다. 학원에 가져간 카드 뭉치 두 개도 책가방 옆에 보였다. 그 상황이 민호의 행방을 조용히 알려주었다.

'당신의 아들은 책가방과 신발주머니를 현관 앞에 던져놓고 집 밖으로 뛰어나갔습니다.'

아파트 단지 내 놀이터로 향했다. 놀이터 그네가 보였다. 그곳에서 민호는 바닥에 무릎을 꿇고 앉아 모래를 손으로 만지작거리고 있었다. 두 손을 움직이며 모래를 담던 민호는 아빠가 가까이 갈 때까지도 아빠의 인기척을 알아차리지 못했다. 두 시간 동안 듣고 싶었던 아이 이름을 불렀다.

"민호야."

맑은 공기를 타고 아이 목소리가 들려왔다.

"아빠, 벌써 왔어?"

뭐? 벌써라니. 두 시간이나 지났으면 이제 왔느냐고 물어야 하지 않나. 아이의 목소리를 듣자 주변이 환해졌다.

"배고프겠다. 들어가서 밥 먹자."

"싫어, 더 놀래."

민호는 30분을 더 놀다가 들어오겠다고 했다. 아이 곁에는 이날 처음으로 만났다는 친구도 있었다.

집에 들어오니 피로가 몰려왔다. 진땀으로 젖은 옷을 갈아입고 부엌으로 향했다. 지난 두 시간 동안 내가 상상한 아이는 눈물을 터뜨리며 아빠를 부르짖는 모습이었는데, 정작 현실에서 아이는 새로운 친구를 만나 모래놀이를 즐기고 있었다. 단순히 아이를 사랑하기 때문이라고 하기에는 현실 속 민호와 상상 속 민호가 너무 달랐다.

기억을 더듬어보면 아이는 내가 대학원에 가기 전에 여러 차례 아빠가 없어도 괜찮다고 했다. 새로 이사를 왔다곤 했지만 아파트 단지 안에도 놀이터가 있었다. 그 놀이터가 생각난 건 현관 앞에 놓인 책가방을 보고 나서였는데 그게 좀 이상했다. 평소에 느긋했던 내가 왜 이날 그토록 불안해했을까. 그건 나의 불안한 감정을 아이와 구분을 짓지 못하고 아이도 나처럼 불안할 거라고 착각했기 때문이라는 생각이 들었다.

가끔씩 아이와 내가 다르다는 걸 쉽게 잊는다. 새로운 친구를 사귀지 못하는 건 단지 내 성격일 뿐이었고 아이는 새로운 사람과 쉽게 친해지기도 했다. 불안했던 건 아이가 아니라 바로 나였는데, 내 불안이 불안해하는 아이를 떠오르게 했다. 그게 참 어렵다. 내 감정을 알아차리고, 내 감정이 만든 상상을 현실과 구분하는 게 말이다. 아이도 바쁘고 아빠도 바쁜, 설렘과 불안이 뒤섞인 새 학기가 시작됐다.

7.

내가 모르는 나

졸업한 지 15년 만에 학생으로 돌아와 가장 좋았던 건 정겨운 캠퍼스도 아니고 공부를 향한 열정도 아니었다. 딱 붙어서 떨어지지 않는 아이와 막상 떨어져보니 오히려 학교 공부가 짐이 아니라 자유였다.

대학원 수업이 있는 날이면 동생이 아이를 돌봤다. 동생은 이사 올 당시만 해도 육아를 담당해야 한다는 사실을 예상하지 못했다. 대학원을 다니게 되면 아이 돌볼 걱정이 가장 컸었는데 동생이 제 발로 걸어 들어온다는 소식을 들었을 때 나는 속으로만 함박웃음을 지었다. 수업이 있는 날엔 육아 부담을 삼촌에게 고스란히 넘기고 학교로 향했다.

대학원 수업 첫날. 모든 게 새로웠다. 구술시험 날에는 긴장을 한 탓에 보이지 않던 건물들까지 눈에 쏙쏙 들어왔다. 신입생인 것처럼 강의실 번호를 확인을 하고 찾아 들어갔다.

강의실 안. 책상은 강단을 중심으로 부채꼴 모양으로 층층이 펴져 있었다. 그래서 교수님이 학생들을 아래에서 위로 올려다봐야 했고 학생들이 오히려 교수님을 아래로 내려다보는 구조였다. 그런 공간 구조가 낯설었다. 예전에는 수업 시간에 선생님을 보려면 늘 고개를 들어 올려다봐야 했는데, 어느새 선생이 선 자리는 학생들이 앉는 자리보다 더 아래로 내려가 있었다.

강의실 문이 열렸다. 교수님이 들어왔다. 간단히 인사를 건넨 뒤 이번 학기에 함께 공부할 '심리검사' 수업이 진행됐다. 먼저 심리검사가 무엇인지를 설명했다. 다양한 심리검사가 있다는 것, 그만큼 사람 마음은 쉽게 해석할 수 없다는 것, 혈액형 성격 테스트와 같은 심리 테스트는 그저 심심풀이라는 설명이 이어졌다. 그리고 이번 학기 수업 목표가 들려왔다.

"이번 학기 심리검사 수업의 목표는 이겁니다. 바로 남들은 다 알고 있는데 자신만 모르는 자신의 성격을 발견하는 겁니다."

나만 모르는 나의 성격이라고? 원래 심리학 첫 수업은 듣는 사람을 이렇게 어리둥절하게 만드는 특성이 있나 싶기도 했다. 남들은 다 알고 있지만 자신만 모르는 성격이라니. 다시 한번 되뇌어봐도 그 말의 의미가 쉽게 와닿지 않았다. 이 세상에서 가장 나를 잘 아는 사람은 바로 나 자신이지 않나.

"이번 주 숙제는 이겁니다."

대학원에도 숙제가 있었다.

"이번 학기에 수업을 진행하는 데 여러분의 성격을 설명해줄 한 사람이 필요합니다. 그 한 사람을 정해오셔야 합니다. 여러분 가까이서 여러분을 오랫동안 지켜본 사람일수록 좋습니다."

아내가 딱인데.

"그리고 여러분이 직접 각서 한 장을 써오십시오. 여러분이 받아들일 수 없는 자신의 성격을 옆에 있는 사람이 알려주더라도 절대로 화를 내거나 폭력을 행사하지 않겠다는 각서입니다."

게다가 각서까지. 이해하지 못하는 말이 한 번도 아니고 두세 번 반복이 되자 짜증이 몰려왔다. 내가 지금 수업을 따라가지 못하고 있다는 짜증. 학부 전공이 '심리학'이 아니어서 나만 못 알아듣나 하는 생각마저 들었다.

적어도 두 가지 사실은 분명했다. 남들은 다 알지만 자신만 모르는 성격이 존재한다는 사실. 그리고 나만 몰랐던 나의 성격이 드러날 때 많이 고통스럽거나 힘들어서 화를 낼 수 있다는 사실이었다. 도무지 그 성격을 왜 찾아내야 하는 건지, 그런 성격이 있기나 하는 건지는 몰라도 적어도 남들은 다 알고 있지만 나만 모르는 성격을 찾아내는 게 수업의 시작이고 끝인 셈이었다.

내가 모르는 나의 성격이란 게 정확히 어떤 뜻인지 잘 와닿지는 않았지만 적어도 강의실을 보고 놀랐던 내 모습을 보면 어렴풋이 짐작은 할 수 있었다. 내가 경험하고 내가 본 것만 세상의 전부라고 생각했던 착각. 어쩌면 대학 강의실과 대학 문화가 점점 변화하는 걸 알아차리지 못한 것처럼, 내가 생각한 내 성격이 꼭 맞지 않을 수도 있을 거란 생각이 들었다. 내 눈은 다른 사람들만 볼 수 있을 뿐 정작 나 자신을 볼 수는 없도록 생겼으니 말이다. 어쩌면 내 성격을 가장 잘 아는 사람은 나 자신이 아니라 오히려 나를 바라봐주는 타인일지도 몰랐다. 내가 모르는 내 성격을 말해줄 수 있는 한 사람.

대학원에 들어와 처음 받은 숙제였지만 한 번도 해본 적이 없는 숙제였다. 책을 읽고 감상문을 내거나 시험을 보는 건 그저 혼자하면 그만이었지만 나를 오랫동안 지켜본 사람을 정해오라는 건 그럴 수 없었다. 다시 집으로 돌아오는 길에 아내 얼굴이 떠올랐다. 아내가 곁에만 있었어도 이번 학기 수업을 즐겁게 풀어갈 수 있었을 거라는 아쉬움이 들었다. 무심한 사람. 그렇게 떠난 사람을 향해 투정 한번 부리고 다른 얼굴들을 떠올렸다. 가장 오랫동안 내 곁에 있었던 민호는 너무 어렸고, 어머니는 나에 대한 평가가 부정적이니까 일단 보류. 아이를 보고 있을 동생 얼굴이 그다음으로 떠올랐다.

집으로 돌아오니 이미 민호는 꿈나라로 떠났고 동생은 피곤이 역력했다. 애 보기가 쉽지 않았겠지. 온몸을 던져 아이와 놀아주는 동생을 향해 육아는 마라톤이니 쉬엄쉬엄하라는 말을 전했다.

"학교에서 파트너 한 사람을 정해오래."

"무슨 파트너?"

"심리검사 결과가 나왔을 때 그게 정말인지 아닌지 확인해줄 수 있는 파트너."

"그럼 나로 하면 되겠네."

"그리고 서약서 하나를 써오래."

"서약서?"

동생에게 나만 모르는 나의 성격이 있다는 말을 설명해주었다. 동생도 무슨 말인지 잘 이해하지 못하는 듯했지만 그냥 자신이 그 일을 맡겠다고 했다. 그날 밤 서약서를 썼다.

서약서

강남구의 파트너인 동생 강양구가

심리검사 결과에 대해 어떠한 내용을 말하더라도

그 검사 결과를 받아들일 것을 서약합니다.

9월 3일 강남구

서약서를 작성하고 나니 겁이 났다. 도대체 내가 모르는 나의 성격이 무엇일까 하는 걱정이 들었다. 장점이라면 다행이지만 단점이라면 그건 무척 부끄러운 일일 테니까.

다음 수업 시간이 되어 강의실에 앉았을 때는 서약서 한 장이 노트 안에 들어 있었다. 숙제라고 했으니 교수님이 걷어갈 거라고 예상했지만 수업이 끝나고 나서도 서약서에 관한 언급은 없었다. 하긴 여긴 초등학교가 아니라 대학원이니까. 그리고 한 학기가 끝나는 순간까지도 서약서에 관한 이야기는 다시 나오지 않았다. 하지만 서약서를 쓸 때 가졌던 그 느낌만큼은 한 학기 내내 계속됐다. 내가 모르는 나의 성격이 드러날 때 나는 그 사실을 인정하기가 몹시 어려울 수 있을 거라는 두려움.

8.

감정 수업 I

대학원에 입학하기 전부터 심리상담을 실습해볼 기회를 찾아간 곳이 심리학 아카데미였다. 이곳에서는 지금까지 단 한 번도 경험하지 못한 수업이 진행됐다. 해리 포터의 마법학교처럼.

수업 시간표에 '감수성 훈련'이란 글자가 보였다. 감수성 훈련? 감성은 알겠는데 감수성이라는 건 뭔지, 그리고 감수성을 훈련을 한다는 건 어떤 의미인지 궁금했다. 하긴 이 아카데미에서는 모든 수업이 다 처음이니 정확히 말을 하면 다른 어느 수업보다 감수성 훈련이 상대적으로 더 낯설었다고 표현하는 편이 맞았다.

수업을 진행할 교수님은 의자를 원 모양으로 만들자고 제안했다. 책상을 한쪽 구석으로 밀고 나니 빈 공간이 생겼다. 사람들은 둥그렇게 모여 앉았다.

"이 수업은 상대방의 마음을 알아차리는 훈련을 하는 수업입니다. 더 정확히 말하면 상대의 감정을 알아차리는 훈련입니다."

그러니까 감수성이란 상대의 감정을 알아차리는 감각을 의미했다. 상대방의 감정을 알아차리는 감각을 올리는 수업이 바로 감수성 훈련이라고 했다.

'말도 안 돼.'

수업 설명을 듣는 순간 그 설명에 좀처럼 동의할 수가 없었다. 상대방이 말로 표현하지 않는 한 상대의 감정을 알아차리는 건 불가능하다고 생각했다. 수업을 듣기 전에 가득했던 호기심은 불신과 회의감으로 바뀌었다. '말씀하신 게 가능한가요?'라는 질문을 하려다, 처음부터 교수님 눈 밖에 나는 게 두려워 질문을 그저 마음속에 가두어놓았다.

"이 수업엔 규칙 하나가 있습니다."

이런. 하나이든 둘이든 규칙이란 단어가 들리자 답답했다.

"수업 시간엔 자신의 느낌을 이야기하는 겁니다."

느낌?

"생각을 이야기하지 말고 느낌만 말하는 겁니다."

느낌만 말하라고요?

"지금부터는 자신의 느낌만 이야기를 하는 겁니다. 자, 시작합니다."

느낌만 말하라는 교수님을 바라보며 사람들은 함께 입을 다물었다. 그럴 만도 했다. 교수님도 아무런 말씀이 없었고, 칠판에 필기를 하는 것도 아니었으며, 내 앞에 책이나 펜 하나 없이 그냥 우리는 둘러앉아만 있었으니까 말이다. 태어나서 지금까지 여러 수업과 강의를 들었지만 이런 방식은 처음이었다.

1초, 2초, 3초. 시간은 계속 흘러갔다. 다른 사람이 먼저 한마디 해주기를 바랐다. 말없이 사람들과 마주보고 있는 기분이란, 뭐랄까 한 번도 경험하지 않은 불편함이었다. 바람과 달리 점점 침묵이 이어지고 또 이어졌다. 사람들 눈동자는 주변을 살피기 시작했다.

도대체 무슨 느낌을 전하라는 건지. 그리고 이 시간이 갖는 의미는 무엇인지. 이걸 수업이라고 할 수 있는 건지. 교수님은 느낌을 말로 표현하라고 했지만, 느낌보다는 회의적인 생각들이 꼬리에 꼬리를 물었다.

순간 민호가 심리상담을 받았던 때가 떠올랐다. 지금으로부터 4년 전. 아내가 갑작스럽게 떠났을 때, 아이가 사실을 알게 되면 충격을 받을까 두려워 엄마 사망 소식을 한동안 아이에겐 숨겼다. 어떻게 이야기를 전해야 할지 몰라 엄마가 외국병원에

치료를 받으러 갔다며 거짓말이라도 하고 싶었다. 갑작스런 이별 앞에서 어찌할 바를 몰라 데려간 아동심리상담센터에서 담당 교수님은 내게 물었다.

"정말 아이가 아무것도 모를 거라고 생각하세요?"

질문이었지만 질타처럼 들렸다.

"말을 하지 않았는데 어떻게 알겠어요? 아이에게 엄마는 아직 병원에 있다고 말했는데 어떻게 아이가 엄마의 죽음을 알 수 있겠어요?"

하지만 담당 교수님의 눈빛은 누구나 그만한 나이 즈음이면 알 만한 것들을 당신만 모르고 있다는 듯했다. 그때 교수님이 남긴 말은 아직도 가슴에 남아 있다.

"아이는 말로 대화를 하지 않아도 느낌으로 알아차려요. 상대의 눈빛이나 표정으로 대화를 해요."

그랬다. 나중에 아이에게 물어보니 아이는 모든 걸 알고 있었다. 아이는 죽음의 의미를 알지는 못했지만, 엄마에게 큰일이 일어났다는 걸 이미 느끼고 있었다. 아이가 가족들의 표정과 목소리 그리고 분위기에서 이미 느낌으로 모든 걸 알아차렸던 기억이 감수성 훈련 수업 교수님을 보며 잠깐 스쳐 지나갔다.

"이 수업은 지금 여기 이 순간의 느낌을 말하는 시간입니다."

교수님은 시종일관 느낌을 강조했다.

"뭘 어떻게 해야 할지 모르겠어요."

한 사람이 솔직한 심정을 담아 물었다.

"그건 생각입니다. 느낌을 말씀하세요."

이런. 기껏 침묵 속에 누군가 용기를 내 말을 했더니만. 적어도 수업이라는 건 지식을 배우고 반복해서 습득한 뒤 평가받는 게 아니었던가. 느낌? 감성? 이런 게 중요한가. 오히려 자기의 감정에 휘둘리지 않고 이성을 앞세우는 게 어른의 모습인데. 이런 수업방식에 거부감은 점차 더 커지기 시작했다. 누구나 다 할 수 있는 수업이니까. 둘러앉으세요. 그리고 느낌을 말하세요. 생각 말고 느낌을 말하세요. 그리고 침묵. 교수님, 이런 수업은 저도 진행할 수 있겠네요. 시간이 갈수록 회의가 점점 더 밀려들었다. 침묵이 오래 흐르자 결국 교수님이 사람들을 향해 입을 열었다.

"상대의 감정을 잘 느끼기 위해서는 자기의 감정을 잘 알아차려야 합니다."

교수님은 내 감정을 말하라는 건 상대의 감정을 알아차리기 위한 첫걸음이라고 했다. 그러니까 자신의 감정을 모르는 사람은 타인의 감정에도 공감할 수 없다는 설명이었다.

"자, 다시 시작합니다. 지금 이 순간 자기의 감정을 말하는 겁니다."

다시 시작이라는 말과 함께 다시 침묵이 시작됐다. 이번엔 그 침묵이 그리 길지 않았다.

"어색해요."

누군가가 어색하다고 감정을 털어놓았다. 그러고 보니 처음부터 이 수업은 무척이나 어색했다. 그런데 왜 난 어색하다는 감정을 언어로 표현하지 못했을까.

"어색하셨을 것 같습니다."

교수님은 그 감정을 받아 다시 상대에게 되돌려주었다. 교수님의 말에서 주어는 '나'가 아닌 '당신'이었다. 이런 상황에서 어색하다는 건 너무나 자연스런 감정일 듯했다. 처음이 가져다주는 어색함, 오랜 침묵이 가져다주는 어색함.

"막막합니다."

"막막하셨을 것 같습니다."

다시 교수님은 상대의 감정을 고스란히 인정해주었다. 사람들은 감정의 단어를 하나둘 마음속에서 꺼냈지만 나는 그것이 무척 어려웠다. 감정의 단어라는 게 도대체 어떤 걸까 하는 생각마저 들었다. 그건 다른 이의 마음을 잘 공감할 수 없다는 걸 의미하기도 했다. 막상 이 자리에 앉아보니 어느덧 마흔이란 세월은 내 입에서 감정을 표현하는 방법을 지워버렸다.

9.

감정 수업 II

자전거를 배우기 위해 안장 위에 앉은 아이처럼, 태어나 처음으로 스케이트를 신고 빙판 위에 선 아이처럼, 감수성 훈련 수업은 재미보다는 매번 넘어지는 느낌이 들었다. 자전거나 스케이트는 힘들면 잠시 쉬면 그만이지만 이곳에서는 여러 사람들과 함께 둘러앉아 정해진 시간 동안 꼼짝없이 자리를 지켜야만 했다. 나가지도 못하고 그만하고 싶다는 말도 못하고. 점차 느낌을 표현하는 사람들 목소리를 들을 때면 뒤처지는 것 같았다.

"이제 안심이 돼요."

"안심이 된다는 말씀에 저도 안심이 됩니다."

사람들은 이렇게 감정을 드러냈지만, 나에겐 잠깐 스치며 지나가는 감정을 잡아 말로 표현한다는 게 어려웠다. 수업이든 사람이든 상대가 못마땅하면 그럴 만한 질문을 찾아내야만 했다. 그렇게 해서라도 적응을 하지 못하는 나 자신을 보호했다. 감정이라는 게 그렇게 중요한가요. 그렇게 중요하다는 감정은 도대체 왜 생기는 건가요. 느낌을 표현하는 대신 질문을 하고 나니 수업에 집중하지 못하는 내가 그나마 열심히 참여한다는 생각이 들었다.

교수님은 미소를 지으며 내 질문을 다시 질문으로 되돌려주었다.

"지금 여기서 각자 갖는 느낌은 다 다를까요, 아니면 다 같을까요?"

"다르겠지요."

"왜 다를까요?"

"다 다른 사람이니까요."

"다 다른 사람이란 의미가 뭔가요?"

다른 사람이란 의미가 뭐냐고요? 다 다르다는 게 다른 거죠.

교수님은 쉽게 답을 가르쳐주지는 않았다.

"우리는 서로 뭐가 다르죠?"

"생긴 게 다르죠."

"또요?"

"나이도 다르죠."

질문을 받고 답을 하는 게 느낌을 말하는 것보다 훨씬 편했다.

"또 뭐가 다르죠?"

"성격도 다르고 뭐 사는 장소도 다르고 그렇죠."

교수님은 계속해서 다른 점을 더 찾아보라고 했다.

"시간을 앞으로 거슬러가서 서로 뭐가 다른지 찾아볼까요?"

시간을 거슬러간다? 앞으로? 언제까지?

"우리는 언제부터 달랐나요?"

네?

"우리는 태어난 연도가 다릅니다. 그리고 우리는 태어난 날짜도 다릅니다."

그건 그렇죠.

"우리는 태어난 장소도 다릅니다."

네.

"우리는 태어나 처음 본 얼굴도 다릅니다."

그렇게 따지기 시작하면……

"우리는 태어나 만난 가족 얼굴이 다르고, 태어나 살았던 집이 다르고, 유치원이 다르고, 유치원에서 만난 친구들이 다르고, 유치원 선생님이 다르고, 초등학교가 다르고, 초등학교 담임 선생님이 다르죠."

네, 그렇긴 합니다만……

"이렇게 따지기 시작하면 우리는 서로 얼마나 다른 건가요?"

"엄~청 다르죠."

교수님은 한참 설명을 한 뒤 잠시 쉬었다.

"감정이라는 건요, 각자가 태어나서 지금까지 경험한 결과입니다."

네? 감정이 뭐라고요? 느낌이 모든 경험의 결과라는 말씀이 쉽게 이해가 가지 않았다.

"어렸을 때부터 내가 가졌던 경험들이 지금 이 순간 감정으로 나타나는 겁니다. 그러니까 내 몸 곳곳에 기억되어 있는 경험들이 순간적으로 휘리릭 지나가면서 감정으로 나오는 거예요."

교수님은 '휘리릭'이라고 하시면서 손을 가슴 안쪽에서 밖으로 내밀었다. 자신의 모든 경험들의 총합, 바로 그것이 순간의 느낌이라는 설명이었다.

"그러니까 느낌이 다 다른 겁니다. 같은 상황이지만 사람에 따라 그 강도나 그 크기가 다 다르니까요. 한 사람이 지금까지 경험한 시간과 기억이 다 다른 만큼 사람들의 느낌도 다른 겁니다. 슬픔도 같은 슬픔이 아니고, 기쁨도 같은 기쁨이 아니고, 편안함도 다 다른 편안함입니다."

사람들의 느낌이라는 건 단순한 감정의 의미가 아니었다. 교수님의 말씀대로라면 느낌의 의미는 그 사람이 살아온 모든 삶의 결과물이었다.

“그렇다면 느낌이라는 건 한 사람에게 뭘까요?”

지금까지 느낌이 다른 이유를 설명했지만, 느낌이 갖는 본질적인 의미가 무엇이냐고 물었다. 사람들은 다시 그 질문을 찾기 위해 침묵했다. 잡힐 듯 잡히지 않는 생각만이 조용하게 흐르자 교수님이 다시 말을 이었다.

“느낌은 한 사람의 존재를 드러내는 겁니다.”

느낌을 표현한다는 건 다름 아닌 바로 나 자신을 표현한다는 의미라고 한 말을 곰곰이 생각해봤다. 느낌은 별다른 계산 없이 그냥 자연스럽게 내 마음속에서 나왔다. 이성의 지배를 받지도 않는 감정이라는 건 어느 순간 나에게 찾아왔다가 사라졌다. 그런 감정에는 옳은 감정도 없었고 그른 감정도 없었다. 그건 그저 그 사람만이 느끼는 것일 뿐이었다. 누군가에게 폭력을 가하거나 소리를 지른다면 비난을 받아야 하겠지만, 미운 감정이 들거나 싫어하는 감정이 드는 것만 놓고 나쁘다고 할 수는 없었다. 어떤 이를 보고 설렌다는 감정이 들거나 혹은 어떤 이를 보고 슬픈 감정이 들면 그건 나도 모르는 사이에 나오는 감정일 뿐일 테니까.

느낌이 곧 ‘나’라고 생각하니 그 느낌이라는 게 무척 소중하게 여겨졌다. 각자마다 경험이 다르고 기억이 다르니 같은 공간,

같은 시간 속에 있는 사람들이 갖는 감정도 다 다를 수밖에 없었다. 슬픈 경험을 하고 슬픈 기억이 가득한 사람에겐 같은 상황이라도 부정적인 감정을 가질 것 같았고, 자존감이 높은 경험을 하거나 자신감이 가득한 기억을 가진 이들에겐 힘든 상황을 만나더라도 위기를 기회로 넘기는 긍정적인 느낌을 간직하고 있을 거란 생각이 들었다. 어쩌면 내 감정은 내 기억과 내 과거 속으로 들어가는 문일 수도 있을 거란 상상을 할 즈음 교수님은 또 다른 질문 하나를 던졌다.

"그렇다면 상대방의 감정을 받아준다는 건 어떤 의미가 있을까요?"

교수님의 질문에 답하기 위해 지금까지의 수업 내용을 다시 생각해봤다.

"상대방의 감정을 인정한다는 게 뭘까요?"

수업을 시작할 때 말했던 수업 목표가 떠올랐다. 내 감정을 표현하는 이유는 상대방의 감정을 알아차리기 위해서라고 했다. 그렇다면 상대방의 감정을 인정한다는 건 뭘까. 느낌과 감정은 그 사람의 모든 경험의 결과이며 그 사람의 존재를 드러낸다고 했으니까…… 다시 답이 어렴풋하게 떠올랐지만 선명하게 다가오지 않았다.

"상대방의 감정을 인정하고 받아준다는 건 그 사람의 존재를 인정해주는 겁니다. 그 사람 자체를 받아주는 거예요."

존재를 인정해주는 것. 그건 그 사람이 태어나 살아 있을 만한 가치를 느끼게 해준다는 뜻으로 들렸다. 누군가 나를 온전히 인정해준다면 그건 무척 행복한 일이니까. 나를 향해 옳고 그름을 판단하거나 평가하지 않고 그냥 있는 그대로 받아준다면 그 순간만큼은 무척 행복할 것만 같았다.

존재를 인정해준다는 말에 민호가 떠올랐다. 엄마를 잃은 아이. 그래도 그 아이를 사랑하는 아빠와 할아버지, 할머니, 그리고 여러 친구들과 이웃들이 있는 아이. 사람들은 민호의 슬픔을 받아주고 꼭 안아주었다. 자신이 괜찮은 사람이라고 느끼는 것, 자신이 꽤 가치가 있다고 여기는 것, 그 출발은 자신의 감정을 인정받을 때라고 생각하니, 이 수업을 열심히 참여하고 싶은 이유 하나가 생겼다.

10.
동생의 고민

잠을 자는데 신음 소리가 들렸다. 동생이었다. 동생의 이름을 크게 불렀다. 아이와 나란히 침대 위에서 자던 동생은 자신을 부르는 내 목소리에 잠에서 깼다.

"악몽이었어."

쫓길 때 숨이 거칠어지는 것처럼 들이마시는 숨소리보다 내쉬는 숨소리가 길었다.

"무서운 꿈이었어?"

동생은 잠이 덜 깬 목소리로 별것 아니라며 다시 잠을 청했다. 막 잠에서 깨어났으니 꿈이 기억날 것도 같은데 동생은 별다른 말을 하지 않았다.

다행히 민호는 잠에서 깨지 않았다. 하긴 민호는 한번 잠이 들면 옆에서 휴대폰으로 뉴스를 크게 틀어놓고 보아도 좀처럼 깨지 않을 정도로 숙면을 취했다. 〈인간극장〉을 촬영할 때 같은 방에서 자던 PD가 지붕이 들썩일 정도로 고함을 지르는 악몽을 꿨을 때도 민호는 잠시 일어나 "삼촌, 재채기 했어?"라고 말한 뒤 금방 잠이 들었다.

그런데 좀 이상했다. 동생의 악몽은 그날 하루로 끝난 게 아니었다. 살다보면 가끔 악몽을 꿀 수도 있지만, 동생의 경우는 그 정도가 심했다. 일주일에 최소한 두 번은 새벽에 일어나 동생 이름을 크게 불러야 할 정도로 악몽을 자주 꿨다. 동생에게 무슨 큰일이 일어난 것만 같았다.

아침을 먹던 민호는 악몽에 대처하는 법을 삼촌에게 알려주었다.

"삼촌, 꿈은 자기가 꾸는 거잖아? 그러니까 꿈속에서 힘센 친구들을 불러. 꿈은 삼촌 거니까 '터닝메카드'를 부르는 거야. 그러면 '터닝메카드'가 괴물을 다 무찌를 거야."

민호는 자동차로 달리다 로봇으로 변신하는 만화 주인공을 떠올리라며 진심을 담아 삼촌에게 악몽에 대처하는 법을 가르쳐주었다.

악몽을 계속해서 꿀 무렵 동생은 "머리가 아프네"라는 말을 하기 시작했다. 아침을 같이 먹을 때는 "왜 이렇게 머리가 아프지" 하며 질문인지 혼잣말인지 헷갈리는 말을 조용히 했다. 웬만큼 아파도 아프다는 소리를 하지 않는 성격인 만큼 동생의 두통은 꽤나 심각하게 느껴졌다. 악몽은 이틀 사흘 걸러 찾아왔지만 두통은 거의 매일 찾아왔고 통증은 점점 더 심해졌다. 동생은 그냥 아프다고 하지도 않고 깨질 듯이 아프다고 했다.

'민호를 돌보는 게 많이 힘든가?'

동생 건강이 걱정됐다. 동생도 자신의 건강을 걱정했다. 결혼을 하지 않은 동생은 자신의 몸을 챙겨줄 만한 가족이 마땅히 없다는 걸 알았는지 제 발로 병원을 찾아 종합검진을 받았다. 적어도 두통의 원인만큼은 찾기를 바랐다.

"아무런 이상이 없대."

시간과 돈을 들여 병원을 찾았지만 혈압이 다소 높다는 사실만 재확인했다. 한편으론 다행이었지만 문제의 원인을 발견하지 못하면 문제의 상황은 계속될 수밖에 없었다. 게다가 동생은 종합검진을 받을 즈음엔 극심한 소화불량에까지 시달렸다.

종합검진에 희망을 걸었지만 별다른 답을 찾지 못한 동생은 다른 방식으로 문제를 해결하기 위해 나에게 부탁을 했다.

"심리상담가 한 명만 소개해주면 찾아갈게."

동생 입에서 심리상담이라니. 그만큼 동생이 힘들었고 그 힘겨움을 덜어내고 싶다는 말처럼 들렸다.

"왜, 요즘 고민 있어?"

동생에게 물었다. 어떤 꿈을 꾸는지조차 이야기를 하지 않아 별 기대를 하지 않았는데 동생은 담담하게 혼자 갖고 있던 고민 하나를 털어놓았다.

"회사 나오려고."

"회사를 나온다고?"

은행원 출신으로 명예퇴직 이후 인테리어 사업을 시작한 아버지는 어렵고 힘든 가시밭길을 외롭게 건너며 회사를 제법 괜찮은 중소기업 반열에 올려놓았다. 동생은 아버지 회사에 들어가 실무 경험을 쌓던 중이었다. 워낙 손재주가 없고 몸을 움직이는 걸 싫어하는 나는 일찌감치 아버지 회사 일에 관여하지 않기로 했던 터라 동생이 자연스럽게 회사를 물려받을 거라고 생각했다. 게다가 동생은 지난해 어려운 기사 자격증 시험까지 합격했는데 동생의 결정은 쉽게 납득이 가지 않았다.

"난 내 삶을 찾고 싶어. 내 인생을 살고 싶어."

동생은 내 눈을 똑바로 바라보지 못하고 자신에게 말을 하는 듯 조용히 속삭였다. 그 진지한 표정 앞에서 할 말을 잃었던 건 내 마음속 깊은 곳에 있던 감정과 동생의 표정에서 나오는 느낌 사이의 괴리가 컸기 때문이다. 속으로는 어이가 없어 웃음이 나왔지만 진지한 동생을 바라보며 그럴 수는 없었다.

"난 지금까지 내 삶을 산 것 같지 않아."

10대라면 그런 대사가 납득이 가겠지만 동생은 이제 마흔을 바라보는 나이였다. 자신의 삶을 살아가고 싶다는 동생의 말을 이해할 수 없었다.

"난 대학을 갈 때도 부모님이 가라는 대학에 가라는 학과를 갔어. 졸업을 하고 취직이 어려워지자 공무원 준비를 하라고 해서 공무원 준비를 시작했지. 물론 결과는 안 좋았고. 사실 그때 많이 놀았거든. 그리고 첫 직장도 그리고 아버지 회사로 오는 것도 모두 가족들의 제안을 따랐어."

동생이 지난 자신의 과거를 되돌아보며 말하기 시작했다. 생각해보니 동생이 무역학과에 들어간 것도 가족들의 의견이었고, 형인 나부터 동생에게 공무원 준비를 권유했던 기억이 떠올랐다. 동생이 신협에 들어갔을 때는 외숙부의 제안이, 아버지 회사로 돌아올 때에는 아버지의 바람이 있었다. 그럼에도 동생의 말에 선뜻 동의하기 어려웠던 건 결국 최종 결정은 자신이 선택한 거란 생각 때문이었다. 동생은 고개를 끄덕였다.

"결국 선택한 건 나였지. 그런데 반은 사실이고 반은 사실이 아니야. 결국 내 인생을 선택한 건 나였지만 그 길을 먼저 고민하고 선택하지는 않았던 거지. 그러니까 좀 이상했던 거야. 내가 선택한 줄 알았는데, 되돌아보면 내 인생이 아닌 것 같았다고."

실제로 동생은 나보다 훨씬 더 순종적이었다. 동생과 나는 부모님의 말에 매우 다른 태도를 보이곤 했다. 이공계로 진학한 나는 인간의 향기가 나지 않는 숫자의 세계에 적응할 수 없다며 신문방송학과로 전과했다. 취직이 어려운 시대에 이공계를 나오면 안정적인 일자리를 보장받는다고 했지만 주변에서 뭐라고 하든 내 뜻을 굽히지 않았다. 아무런 연고가 없는 캐나다에 어학연수를 가겠다고 할 때도 그랬다. 부모님은 군대도 다녀오지 않은 나를 홀로 해외에 보낸다는 게 몹시 걱정이었지만 나는 거칠게 맞섰다. 게다가 난 부모님이 반대할 것 같아 아내에게 질병이 있다는 사실까지도 속인 채 결혼을 한, 부모님의 입장에서 보면 몹시도 말을 듣지 않는 아들이었다.

반면에 동생은 항상 가족들의 이야기를 들었고 그 뜻에 따랐다. 그래서 착한 동생은 어머니에게 무척 다정다감한 아들이었다. 어머니는 막내이고 고분고분한 성격의 동생을 특히 아꼈다. 툭하면 자기 고집을 피우는 내게 "동생 좀 닮아라"라며 핀잔을 주기도 했다.

"내 인생을 찾고 싶어."

자신의 삶을 선택하겠다는 동생의 말을 어렴풋이 짐작했다. 남이 만들어준 길을 따라서 사는 것이 아닌 자신이 길을 만들며 살고 싶다는 의미였다.

11.
울타리 밖으로

"근데 왜 갑자기 그런 생각이 들었어?"

"얼마 전에 나 많이 아팠던 거 알지?"

몇 달 전 어머니가 전화로 동생이 많이 아프다는 소식을 전했던 기억이 떠올랐다. 동생이 이사를 며칠 앞둔 날이었다. 그때는 그냥 흘려들었다.

"나 그때 사람이 이렇게 죽는구나 생각이 들더라. 정말 많이 아팠거든."

그렇게 많이 아팠구나…… 동생에게 미안했다. 아이를 키우다보면 가끔 그런 생각이 든다. 주변 사람들도, 세상 돌아가는 이야기에도 아무런 관심을 주지 않은 채 오롯이 아이에게만 집중하는 내 모습. 한편으론 아내를 여의고 나 자신만이 특별한 슬픔을 간직했다는 듯 특별한 대우받기를 원했다는 생각마저 들었다. 아이와 나 말고는 그 누구도 신경을 쓰지 않았던 지난 시간이었다. 혼자 아이를 키운다는 이유로 사람들에게 무관심해도 된다고 정당화를 한 건 아니었을까. 동생에게 미안한 마음을 전했다.

"그렇게 생각하니까 억울하더라고. 이렇게는 못 살겠더라고. '이대로 나도 언젠가 죽겠구나'라는 생각을 하니까 내가 지금처럼 살면 되게 후회할 것 같더라. 하루를 살아도 내 뜻대로 살고 싶다는 생각을 했어. 그때부터 아버지 회사를 나와야겠다는 생각이 들기 시작했거든."

자신의 삶을 사는 것과 아버지 회사에서 일을 하는 것 사이에 어떤 연관이 있는지는 여전히 납득이 가지 않았지만, 적어도 동생은 머리로 말하는 게 아니라 가슴으로 이야기를 하는 듯했다. 조그마한 방 한 칸에서 혼자 앓는 소리를 내며 누워 있었을 동생을 떠올리면서 동생이 하는 말을 하나하나 새겨들었다.

자기 삶을 살기 위해 지금까지 자신을 보호해준 울타리 밖으로 나오겠다는 동생의 말에 회사를 나오기 직전의 내 모습이 떠올랐다. 동생과 똑같은 생각을 했던 게 바로 나였으니까. 동생이 스스로 아파하며 죽음을 생각했다면, 나는 내가 사랑했던 아내의 마지막 순간을 보며 내 끝을 보았다. 언젠가 나도 아내처럼 눈을 감은 채 두 손을 나란히 하고 가족들에게 둘러싸일 날이 올 거라는 것. 내 숨이 멎고 내 심장이 멎고 내 모든 근육이 움직이지 않는 순간을 맞이할 거라는 것. 그 마지막 순간을 미리 앞당겨 생각하면 내 인생을 해야 할 일로 채우기보다 하고 싶은 일로 가득 채우고 싶었다.

"네가 원하면 네 뜻대로 해."

아이와 함께 시간을 보내겠다며 회사를 나왔던 내가 동생에겐 아버지 회사이기 때문에 꼭 다녀야 한다고 말을 할 수가 없었다. 그건 자격의 문제이기도 했다.

"그런데 두려워."

한 번도 가보지 않은 길을 그것도 혼자서 걸어나가야 한다면 그 길을 걸을 때 몹시 두려울 수밖에 없다. 방송기자 생활을 그만두기 직전이 그랬다. 경마공원에 있는 경주마는 정해진 시간에 다른 말들과 경쟁하며 남이 그어놓은 트랙 위를 달려야 하는 답답함이 있는 반면, 추운 겨울과 더운 여름에도 쉴 수 있는 장소와 배를 채울 음식을 제공받는 안락함이 있다. 회사는 그런 경마공원과 같았다. 경마공원의 말이 야생으로 돌아갈 수 없는 건 어쩌면 그 안정적인 생활에 길들여져 있기 때문일 테다. 야생마가 살아야 하는 자연은 항상 봄과 가을만 있는 게 아니니까.

수소문을 해 어느 심리상담 교수님을 찾았다. 아내와 이별하고 힘들었던 나와 아이를 지탱해준 건 바로 심리상담이었다. 그 심리상담이 악몽과 소화불량에 시달릴 만큼 힘겨운 시간을 보내는 동생에게도 도움이 되기를 바랐다. 교수님의 연락처를 건넸다. 연락처를 준다는 게 심리상담을 받으러 간다는 걸 의미하지는 않았다. 마음을 먹는 것과 실제로 발이 움직이는 것은 시차가 있기 마련이니까. 막상 상담을 가려면 여러 가지 생각이 떠오른다. 적어도 나는 그랬다. 들이는 시간도 그랬고 보험 적용이 안 돼 비싼 상담료도 부담이었다. 특히 상담을 받으러 갈 때 더 주저하게 잡아끄는 생각은 바로 내가 정신적으로 문제가 있다고 스스로 낙인을 찍는 건 아닐까 하는 것이었다. 혹시 상담을 받으러 갔는데 정신적인 문제가 있다는 진단을 받으면 어떡할까 하는 걱정도 앞섰다. 동생이 심리상담을 받으러 갈지 확신할 수는 없었다.

혼자서 버티기엔 원인을 알 수 없는 악몽과 두통이 줄곧 동생을 괴롭혔다. 시간이 지나면서 강도는 점점 세져갔다. 특히 변비가 심해져서 화장실을 가지 못하는 모습이 힘들어 보였다. 자기가 아픈 이유를 찾기 위해서라도 동생은 심리상담을 받아야만 했다.

드디어 첫 심리상담을 받고 돌아온 날, 동생에게 소감을 물었다. 동생은 "그냥 그랬어"라고 짧게 대답했다. 그럴 수밖에 없었다. 첫 상담 때는 별다른 설명을 듣지 못한 채 자신의 고민만 늘어놓다보면 상담이 끝난다. 동생 입장에서 자신의 고민을 말하는 건 친구나 형에게도 할 수 있는 일이었으니 들인 돈과 시간에 비해 남는 게 없다는 생각이 들 만도 했다. 반응이 신통치 않아 곧 그만두려나 했는데 동생은 매주 한 차례씩 상담가를 찾아갔다. 그만큼 동생은 자신의 문제를 풀기 원했다. 그게 건강의 문제인지 아니면 삶의 문제인지 그것도 아니면 두 가지가 합쳐진 문제인지는 알 수가 없었지만.

심리상담을 받은 날이면 동생은 그 이야기를 들려주었다. 상담심리대학원에서 공부하며 실제로 상담이 어떻게 이뤄지는지를 무척 궁금해하는 형을 위한 배려였다. 그러던 어느 날 동생이 꾸던 악몽 이야기를 들었다.

"며칠 전에 악몽을 꿨는데, 어떤 꿈이냐고 물어보더라고."

안 그래도 동생의 꿈 내용이 궁금했다. 주의 깊게 동생의 말을 기다렸다. 몇 번 물어도 이야기를 하지 않던 것이었으니까.

"아버지랑 다투는 꿈이었거든."

귀신이 나온 것도 아니고 범죄자에게도 쫓기는 것도 아니라 아버지와 다퉜던 꿈이라니. 어떻게 다퉜길래 그렇게 신음소리까지 냈는지 혼자서 잠깐 상상에 잠겼다. 이야기를 들어보니 내용은 좀 더 심각했다. 동생은 꿈속에서 아버지와 몸싸움을 벌였다. 몸이 뒤엉킬 만큼 거친 싸움이었다. 동생은 그 싸움에서 아버지에게 계속 밀렸다고 했다.

동생이 이사를 오고 나서 함께 이야기할 시간이 늘면서 조금씩 몰랐던 동생을 알아갔다. 동생은 유년 시절 엄격했던 아버지의 기억이 무척 컸다. 여느 아버지처럼 말씀보다는 행동으로 사랑을 보여주었다고 나는 생각을 했지만, 동생이 기억하는 아버지는 때로는 눈물이 날 정도로 호된 질타를 하는 모습이었다. 동생의 기억 속 아버지는 부정적이었다. 누구의 잘못이라고 이야기할 수 없는 건 동생의 기억이 맞는지 아닌지 정확히 알 수가 없기 때문이었다. 다만 부인할 수 없는 사실은 바로 '동생이 기억하는 아버지'는 두려움의 대상이라는 것이었다. 그렇게 두려웠던 아버지와 매일 같은 공간에서 일을 했으니 동생은 직장을 다닌 게 아니라 감옥을 다닌 셈이었다.

"아버지랑 같이 있는 게 불편했겠네."

동생은 한참을 생각했다. 긍정하지도 부정하지도 않았다. 아버지 연세가 일흔을 넘었으니 일선에 있을 시간도 그렇게 많이 남아 있지 않았다.

"난 사장 아들인 게 싫더라고."

동생은 사장 아들인 게 싫다고 했지만 마음속으로 아버지의 아들인 게 더 싫은 건 아닐까란 의심도 잠시 들었다.

"난 현장에 나가도 실무를 배우지 못하거든. 인테리어를 밑바닥부터 배우고 싶은데 내가 보통 하는 일은 관리 감독하는 거야. 지금은 당장 좋을지 모르겠지만 그렇게 되면 나는 아무것도 알지 못해."

겉으로는 스스로 자립하고 싶다는 이야기였지만 한편으로는 회사를 나갈 만한 이유를 찾는 것만 같았다. 아버지와 함께 있는 게 불편해 회사를 나간다고는 말할 수 없을 테니까.

동생의 이유가 어디까지 진실인지 어디까지가 스스로를 속이는 말인지는 알 수 없지만 그래도 안정적인 부모님 곁을 떠나 독립을 하겠다는 그 생각은 기특했다. 아버지께 의존하지 않은 채로 스스로 일어서고 싶다는 말이니까.

그러고 보면 나는 회사를 그만두었을 때 비로소 독립을 했던 셈이다. 회사로부터의 독립이 아니라 유년 시절부터 나를 쫓아다니던 많은 어른들의 조언으로부터 독립한 것이었다. 그건 해야 하는 삶으로부터 벗어나는 일이었다. 말을 하고 걷기 시작할 때부터 해야만 하는 것들은 세월과 함께 차곡차곡 내 마음속에 쌓여만 갔다. 밥을 먹을 때는 밥알을 남기지 않아야 하고, 글씨는 반듯하게 써야 하며, 옷을 입을 때는 단정히, 안정적인 직장에 취직하려면 성적이 좋아야 한다는 조언들까지. 물론 나를 위해서라는 조건은 항상 붙어 있지만 대부분 어린 내가 들었던 건 하고 싶은 일들이 아니라 하지 말아야 할 일들이나 또는 해야만 하는 일들이었다. 유치원 때보다는 초등학교 때 그리고 초등학교 때보다는 중학교 때, 중학교 때보다는 고등학교 때 해야 할 일들은 점점 더 쌓여만 갔다.

그럴수록 사람들이 네가 원하는 건 무엇이냐고 묻는 경우는 반대로 줄어들었다. 그렇게 시간이 흘러가면서 진정 내가 좋아하는 건 무엇인지, 내가 하고 싶은 건 무엇인지, 내가 바라는 건 무엇인지를 잊어버렸던 셈이다. 그래서 가끔씩 많은 시간이 주어지고 여유 있는 돈이 주어진다면 잠시 지금의 현실을 벗어나 여행을 다녀오고 싶다는 말은 할 수 있었지만, 내 인생을 걸고 평생 하고 싶어하는 삶이 무엇인지는 말하기가 어려웠다. 설사 내가 원하는 삶을 이야기하더라도 그것이 진짜로 내가 원하는 삶인지 아니면 어렸을 때부터 오랫동안 나에게 심겨져 있던 다른 사람들이 원하는 삶인지를 구분하기란 쉽지 않은 일이었다. 방송기자를 그만둔 건 기자가 좋다는 사회적인 평가로부터 독립하는 결정이었고, 개인의 자유보다는 안정적인 삶이 더 중요하다는 인식으로부터 탈피하는 결정이기도 했다.

어쩌면 동생이 꿈속에서 다툰 건 아버지의 모습을 한 자신일지도 모르겠다. 그건 지금까지 자신을 옭아맨 생각들과의 싸움일 수도 있다. 아버지 일을 도와야 하고 그래서 회사를 물려받아야 한다는 생각과의 싸움, 감옥 같은 생활을 버티면 안정적인 삶이 보장된다는 생각과의 싸움. 동생은 몸이 몹시 아픈 뒤로 자주 꿈속에서 그런 생각들과 싸운 건 아니었을까.

심리상담을 받은 지 한 달쯤 지난 뒤 동생은 아버지에게 회사를 나오겠다는 뜻을 전했다. 아버지로서는 단 한 번도 예상하지 못했던 일이었다. 아버지를 두려워했던 동생이 많은 걸 각오하고 한 말이었다. 그건 아버지와의 심리적 이별을 의미했다. 나는 동생의 그 말이 '이제 나는 당신의 아들로서가 아니라 한 사람으로서 살겠습니다'라는 말처럼 들렸다. 동생이 제출한 사직서는 순종적이고 고분고분한 자신의 모습과의 결별이기도 했다.

아버지는 막내아들이 회사를 떠난다는 말에 거센 반응을 보였다. 어쩌면 아버지의 격노는 동생의 안정적인 삶을 바라는 마음의 표현일 수도 있을 것이고, 아직 결혼을 하지 않은 아들에 대한 걱정도 담겨 있었을 테다. 한편으로는 갖은 고생을 해서 일군 회사에서 동생이 덜 고생하기를 바라는 부모의 마음도 있었겠지만, 그러한 부모로서의 마음과 바람을 뒤로한 채 동생은 아버지 회사를 제 발로 걸어나왔다.

"나오니까 어때?"

"홀가분해."

어렵고 힘든 결정을 내리고 나니 이제 더 이상 고민할 거리가 없었다. 이제 자신이 가야 할 길이 무엇인지는 분명하니까, 받아들여야 할 현실도 두 개가 아니라 하나로 줄어들었다. 방향을 잡지 못하면 감당해야 할 미래는 두 배가 되지만 하나의 길을 선택하면 내가 준비하고 대비해야 할 미래는 절반으로 줄어든다. 동생의 두통과 소화불량 그리고 악몽은 새벽녘에 어둠이 걷히듯 사라져갔다.

몇 달 동안 계속된 동생의 악몽과 퇴사 과정 내내, 심리학 교수님과 나눴던 대화가 오랫동안 떠올랐다.

"교수님, 사춘기가 뭔가요?"

"사춘기는 부모로부터 분리가 되는 시기네. 이제 내 새끼가 아닌 거지. 그 시기가 되면 부모는 아이를 떠나 보내주어야 해. 이제 자기 삶을 살도록 말이야. 그런데 아이가 떠나려고 하는데 계속 붙잡으면 아이는 부모에게 커다란 상처를 주고서라도 떠나려고 한다네. 그러니까 온갖 미운 짓을 하더라도 떠나려는 거야."

"그러면 부모가 더 힘든가요, 아니면 아이가 더 힘든가요?"

세 아이의 아버지이기도 한 교수님은 태어날 때 산모보다 태아가 더 고통받는 것처럼, 사춘기 때 더 큰 상처를 받는 사람은 부모보다는 자녀라고 했다.

그러고 보면 동생과 나는 마흔이 다 된 나이에 혹독한 사춘기를 겪은 셈이었다.

동생은 내가 대학원 한 학기를 마치고 방학을 맞이하자 다시 이사를 가기 위해 짐을 챙겼다.

"형한테도 의지하지 않고 나 스스로 살아야지."

사실 학교를 다니는 동안 아이를 돌보기 위해 동생에게 의지를 했는데, 정작 동생은 나에게 기댔다고 생각한 모양이었다.

"덕분에 대학원 첫 학기를 잘 보냈네."

혹여 민호가 좋아하는 삼촌과 떨어지는 게 마음에 걸렸다. 이사를 가는 날, 민호는 삼촌을 꼭 안아주었다. 민호는 자기는 아빠보다 삼촌이 더 좋다며 자주 오라고 부탁했다. 떠나는 동생보다 삼촌이 더 좋다는 아이를 한동안 바라보았다.

12.
마음의 열

조용하던 휴대폰에 문자 메시지 하나가 도착했다. 동생을 상담했던 그 교수님이었다. 상담 수련 과정을 사흘 동안 진행한다는 내용이었다. 동생이 상담을 받으러 가기 전 찾아뵈있던 게 인연이 되었다. 심리상담가를 꿈꾸는 사람들은 방학 때면 심리상담 교수님을 찾아가 수련을 받는다. 좋은 의사가 되기 위해선 많은 환자를 만나야 하고, 유능한 야구 선수가 되려면 자주 연습 경기를 치러야 하는 것처럼 말이다. 감사하다는 말과 함께 실습에 참여하겠다고 답장을 보냈다.

기다리던 상담 실습 날이 밝았다. 새로운 상담 방법을 배우는 날. 상담 전문가들은 사람의 마음에 이르는 자신만의 방법을 가지고 있다. 문학 안에도 시가 있고 소설이 있고 에세이가 있는 것처럼 심리상담에도 정신분석, 미술치료, 사진치료 등 여러 가지 분야가 있다. 상담 실습에 참여하면 한 번도 보지 못한 길을 옆에서 지켜볼 수 있다. 이 교수님은 사람 안에 있는 두 개의 마음 가운데 진짜 마음을 찾아주고 서로 다른 마음을 하나로 통합한다고 했다. 우리 안에서는 공존할 수 없는 두 개의 마음이 자주 다툰다. 부모님을 사랑하면서도 한편으로는 부모님이 밉기도 한 감정. 사랑과 미움이 마음 안에서 다투며 갈등한다. 결혼하고 싶은 마음과 결혼하기 싫은 마음, 안정적인 직장을 가지고 싶은 마음과 직장을 들어가기 싫은 마음. 사람들 마음 안엔 이렇게 서로 정반대의 마음이 충돌을 하는데 무엇이 진짜 내 마음인지 선택이 참 어렵다. 그냥 이렇게 머리로만 이해했다. 게다가 이름도 어렵다. 게슈탈트 심리학이라고 했던가.

"민호야, 밥 먹자."

설렘은 설렘이고 해야 할 일은 또 해야 할 일이었다. 아침밥. 민호를 부르기 전, 전날 먹고 남은 소고기부터 꺼냈다. 언제부터인가 집안일을 할 때마다 '이왕 하는 거'란 주문을 외웠다. 이왕 여행하는 거 즐겁게 가고, 이왕 공부하는 거 열심히 하고, 이왕 살림하는 거 깨끗하게 하자는 주문들. 이렇게 된 거 아침도 맛있게 차리자는 생각. 사실 '이왕'이라는 말 대신 '어쩔 수 없이'란 말이 더 솔직했다.

"민호야, 밥 먹자."

다시 불렀다. 여전히 아이는 아무런 말이 없었다.

"민호야, 밥 먹자!"

이번엔 목소리가 조금 커졌다. 상담 실습을 받기 위해선 아침부터 서둘러야만 했다.

"반찬이 뭔데?"

순간 짜증이 밀려왔다. 마치 '네가 차린 음식이 무엇이더냐' 라고 묻는 듯했다. 그게 밥을 차린 아빠한테 할 소리인가. '맛있게 잘 먹겠습니다'란 말까지는 바라지 않아도 밥을 차리면 자리에 앉아 숟가락을 들어야 하는 거 아닐까. '반찬이 뭔데'라니.

"밥을 차려놓았더니, 반찬이 뭐냐고 묻는 게 아빠한테 할 소리야?"

버럭 소리를 질렀다. 아이는 깜짝 놀라 울먹이며 왜 소리를 지르냐고 물었다. 이럴 때는 '나도 모르게'란 표현이 딱 들어맞는다. 내가 지른 소리에 나도 그만 놀라고 말았다. 설레고 기분 좋아야 할 아침이 그렇게 뭉개져버렸다. 아이가 눈물을 흘리자 미안하다고 달랬다. 이럴 줄 알았으면 소리나 지르지 말걸. 아쉽다는 생각은 일을 저지른 다음에 찾아온다. 오히려 이날은 기대 반 설렘 반으로 시작한 하루였는데, 좀 이상했다. 가끔씩 조절하지 못한 채 터져나온 감정. 굳이 아이에게 화를 낼 필요까지는 없었는데. 그냥 아이는 평소처럼 자기가 먹을 반찬이 궁금했다. 심리상담실로 가는 내내 후회가 발걸음을 따라다녔다.

아이와 승강이를 벌이고 생각도 많아진 탓에 지각까지 했다. 문을 열고 들어서니 10명 내외의 사람들이 이미 자리를 잡고 앉아 있었다. 한꺼번에 시선이 몰렸다.

"각자 간단하게 소개를 할까요?"

사흘 동안 함께 수련을 할 동료들이었다.

"안녕하세요, 강릉에서 온 유지현입니다."

뭐 강릉?

"안녕하세요, 저는 청주에서 왔습니다."

뭐 청주?

"안녕하세요, 저는 춘천에서 왔습니다."

헐.

각자 자신을 소개할 때마다 나는 조금씩 작아졌다. 우리 집에서 상담실까지는 지하철 한 번이면 올 수 있는 데다 시간도 한 시간이 채 걸리지 않는 거리였다. 열정은 거리에 비례할 것만 같았다.

"안녕하세요, 저는 과천에서 온 강남구입니다."

그래도 기죽지는 말자. 내 이름을 당당히 밝혔다. 과천에서 온 강남구. 물론 서먹했던 분위기를 바꾸는 데 성공했다. 이렇게 내 이름을 활용하라고 이름을 지어주셨나. 과천에 사는 강남구의 기분이 조금 나아졌다.

"혹시 저에게 상담을 받고 싶으신 분 있으시면 앞으로 나오세요."

상담을 진행하려면 상담을 하는 이와 상담을 받는 이가 있어야 했다. 한 사람이 상담을 하는 과정을 지켜본 뒤 이번엔 내가 손을 들었다. 이제 대학원에 입학한 늦깎이니까 갈 길이 멀다는 생각으로 용기를 냈다. 강의실 앞에 놓인 빈 의자에 앉았다. 교수님은 간단히 안부를 나눈 뒤 고민을 물었다.

"어떤 고민이 있으신가요?"

고민이라는 말에서 아이 생각이 났다. 아침에 울면서 왜 소리를 지르느냐는 아이의 목소리도 들렸다.

"오늘 아침을 차리면서 아이에게 화를 냈는데 그게 좀 이상했어요."

"뭐가 이상하다는 거죠?"

'괜히 나섰나, 이런 것도 상담거리가 될 수 있을까'란 생각이 잠깐 들었지만 아무렴, 그건 오늘 나의 가장 큰 고민거리였다.

교수님은 조용히 그리고 편안한 모습으로 내 이야기를 들어주었다. 그리고 나의 삶을 하나씩 물어봤다. 내 삶을 평가하는 질문이 아니라 내 삶을 이해하기 위한 질문이었다. 같은 말이라도 상대방의 태도는 느낌으로 전해진다. 언제인지, 어디서인지는 기억에 남지 않을 수도 있지만 누군가 나에게 말했을 때의 느낌은 오랫동안 남는다. 상대의 눈빛과 목소리와 어조 그리고 몸동작 하나하나가 나를 향했다. 편안했다. 마치 또 다른 나와 마주 앉은 듯했다. 진심으로 나를 받아주는 사람에겐 모든 걸 털어놓는다. 직장을 그만둔 이야기부터 최근 근황까지 하나씩 털어놓았다. 그렇게 이야기를 하는 동안 선생님은 어느덧 내 삶 속으로 조금씩 들어왔다.

"요즈음 어떨 때 짜증이 나시나요?"

나지막한 목소리가 들렸다.

"아이가 아빠를 하인처럼 대하는 느낌이 들 때 짜증이 났어요. 아마 존중받지 못한다는 생각이 들 때인 것 같아요. 엄마가 없다보니 애가 안쓰럽고 애틋해서 아이에게 맞춰준 것도 있었던 것 같고요. 그래서 제가 부정적인 감정을 스스로 억눌렀던 것 같아요."

맞은편에 앉은 상담 교수님은 내 마음의 문 앞에 서서 하나씩 나에 대해 물었다. 그 묻는 말에 대답을 한껏 하고 나면 교수님은 문 하나를 열고 또다시 다른 문 앞에 서 있었다. 하나 둘. 내 마음은 여러 겹의 문 끝에 있는 느낌이 들었다. 무엇을 감추기 위해 그 많은 문들이 있는 걸까.

"계속 억누른다고 표현을 하시는군요."

한참 말을 하다보니 내 말 속에는 '억누른다'라는 단어가 많았다. 일상생활에선 내가 내 감정을 억누른다는 걸 미처 알아차리지 못했었다. 선생님은 내가 말했던 문장들을 기억하고 있다가 다시 내게 들려주면서 언제 그런 표현을 썼는지 짚어주었다.

"집안일을 하다보면 순간적으로 화가 날 때가 있어요. 그냥 해야 되니까 하는 거지 하다가도 순간적으로 화가 나요. 이 일이 내 일이 아닌 것 같다는 생각도 듭니다."

선생님은 주먹만 한 크기의 여러 인형들을 책상 위에 올려놓았다.

"이 가운데 '너는 억눌러야만 해'라고 말하는 것 같은 인형 하나를 고르세요."

남자 인형 하나를 골랐다. 인형 하나하나마다 표정과 생김새가 달랐다. 나와 닮았다고 생각했던 그 남자 인형은 당장에라도 "억눌러"란 말을 할 것만 같았다.

"그러면 이제 '자유롭고 싶어'라고 말하는 것 같은 인형 하나를 고르세요."

이번엔 머리를 풀어헤친 여자 인형이 자유로워 보였다. 다시 또 다른 인형 하나를 골랐다. 상담 교수님은 '억눌러'라고 말하는 인형을 내 가슴 가까이에 가져다 댔다. 그 인형의 양팔을 잡았다. 인형의 뒷모습이 보였다. 손에 잡힌 그 '억눌러' 인형의 두 팔을 잡은 채로 나는 책상 위 맞은편에 앉은 '자유롭고 싶어'라고 말하는 듯한 인형을 바라봤다.

"저 '자유롭고 싶어'라고 말하는 인형에게 말을 걸어보세요. 너는 '억눌러야만 해'라고요."

나와 '억눌러' 인형을 맞은편에서 쳐다보고 있는 '자유롭고 싶어' 인형에게 말을 걸었다. 나와 '억눌러' 인형이 한 몸처럼 느껴졌다.

"넌 억눌러야만 해."

"더 크게 말해보세요."

"**너는 억눌러야만 해**."

그리고 선생님은 기분이 어떠냐고 물었다.

"짜증이 나요."

'억눌러' 인형의 말에 난 몹시 짜증이 났다.

"짜증은 억눌림하고 연결이 되어 있군요."

그랬다. 난 억눌릴 때 짜증을 냈던 것이었다.

"자, 이제 왜 억눌러야 하는지 말해보세요."

'억눌러' 인형과 나는 같은 심정으로 우리를 마주보고 있는 '자유롭고 싶어' 인형에게 쏘아붙였다.

"그래야지 아이가 예쁘게 크고, 옷도 깨끗이 입고 공부도 잘 할 거잖아. 아이들, 주변사람들과 좋은 관계를 유지하기 위해서도 네가 해야 할 것이 되게 많은 걸 알고 있잖아."

다소 큰 목소리로 자유롭고 싶어하는 인형을 향해 꾸짖었다.

"넌 이제 알고 있으면서 왜 그래. 아이를 돌본다는 게 얼마나 정서적으로 교육적으로 신경과 관심을 쏟아야 하는 일인지 알면서 왜 그래."

말을 멈추자 다시 선생님이 덧붙이며 말했다.

"억눌러야 하는 이유를 더 설명해주시겠어요?"

다시 목소리가 커졌다. 자유롭고 싶다는 인형을 향해 더 분명하게 말했다.

"네가 선택했잖아. 네가 책임져. 네가 선택한 것에 대해서 다 책임져야지. 그리고 너도 너의 선택이 맞다는 걸 증명해야지. 직장까지 그만뒀잖아. 사람들이 다 말렸는데도 그랬잖아. 그렇게 안정적인 직장을 포기하고 왔으니까 책임져야지. 네가 선택했으면 책임져야지."

"강력한 부담과 책임감을 부여하네요."

이제 선생님의 말도 들리지 않았다. 난 계속 인형을 향해 책임을 명령했다.

"네가 책임져. 네가 선택했으니까, 네가 책임져."

주변 사람들은 무척 집중을 했지만 나는 잠깐 사람들의 시선을 의식했다가 지금은 수련의 과정이라는 걸 떠올렸다. 상담에 몰입했다.

"네 결혼도 마찬가지였잖아. 아픈 사람하고 결혼해서 결국 하늘로 떠나보냈으면 그것도 네가 책임져야 하는 거야. 모든 것은 네가 선택했으니까 네가 책임져야지. 애를 낳은 것도 네가 선택한 거고. 어른이라면 자신의 선택과 행동에 책임을 져야지, 네가 좋다고 너 하고 싶은 대로 살면 그게 어른이야?"

갑자기 눈가에 눈물이 맺혔다. 맺힌 눈물은 서서히 앞을 가리며 차올랐다.

"강력하게 책임을 요구하네요."

여러 상담 수련 과정을 경험했지만 눈물이 차오른 건 처음이었다. 상담 교수님은 복받친 감정을 조용히 받아주었다.

"강한 책임을 져야 하는 게 버거우시지요. 책임감이 강한 건 미덕이지만 그걸 짊어지는 건 분명히 힘들고 부담스러운 일이지요. 많이 힘드셨을 것 같습니다."

강하게 책임을 몰아붙이니 자유롭고 싶어하는 나는 주저앉아 울 수밖에 없었다. 그 책임이라는 말이 가슴에 와 박혔다. 교수님은 계속 나를 위로했다. 그 책임이라는 짐을 함께 지고 있는 느낌이었다.

"무슨 생각이 드세요?"

한동안 침묵했다. 울먹일 것 같았다. 감정을 정리하려는데 다시 질문이 들렸다.

"무슨 생각이 나세요?"

"아내가 보고 싶습니다."

눈물이 흘러내렸다.

"아내가 보고 싶으셨군요."

대답을 할 수가 없었다. 오랫동안 담아둔 말. '여보, 어디 있어?' 입에서 새어나온 슬픔은 어느덧 큰 소리를 냈다.

"아내는 어떤 사람이었나요?"

내 눈물 때문일까. 교수님의 눈가도 촉촉해 보였다.

"나무 같은 사람이었습니다."

아내는 눈을 감기 얼마 전 창밖에 비친 나무를 보며 아름답다고 했다. 그래서 나무를 보면 아름답다고 하는 아내의 얼굴이 가끔 떠올랐다. 어느 정도 시간이 흘렀을까. 감정이 잦아들기까지는 한참이 걸렸다.

"선생님에게 나무는 어떤 의미인가요?"

"나무는 쉴 수 있는 곳입니다."

쉬고 싶다고 했다. 나무 그늘 아래에서 아무런 책임도 없는 곳에서 지나가는 공기를 몸으로 느끼며 자유롭고 싶다고 했다.

좀 쉬고 싶었지만 나는 쉴 수가 없었다. 내가 선택한 게 옳았다는 걸 증명하기 위해서라도 쉬면 안 되었다. 쉬고 싶을 때마다 내가 나에게 한 다그침. '네가 책임져야 해.' 그렇게 억눌렀다. 그 억누름은 짜증을 불러일으켰다. 몸에 세균이 들어오면 열이 나는 것처럼 내 마음은 '짜증'이란 열을 앓았던 셈이다. 쉬고 싶은 마음과 책임져야 한다는 마음이 충돌할 때는 나도 모르게 아이에게 짜증을 냈다.

"자, 이제 자유롭고 싶다는 인형을 잡으세요."

이번엔 교수님은 두 인형을 바꿔잡도록 했다. 맞은편에서 앉아 내 이야기를 들어주던 인형을 두 손에 쥐었다. 이번엔 바로 내 앞에 있는 '자유롭고 싶어' 인형의 뒷모습이 보였다. 그 인형이 앉았던 자리엔 '억눌러' 인형이 나를 바라보고 있었다.

"자, 이번에는 저 책임지라는 인형에게 말을 걸어보세요."

"그만 억누르라고 해. 내가 너무 힘들어. 내가 힘든 건 아이에게도, 나에게도 좋지 않아. 그리고 많은 책임감을 주는 게 일을 잘하게 하는 것 같지도 않아. 단기적으로는 잘할 수도 있지만 금방 지쳐 떨어질 것 같거든."

말을 멈추자 교수님은 다시 더 이야기를 하라고 했다.

"할 만큼만 하면서 오래하는 게 더 좋아. 내가 나를 잘 아는데 나는 목표를 높게 잡지 않고 할 만큼만 잡아. 그리고 오랫동안 지속해. 그게 성공하는 지름길이라는 걸 알고 있어."

"한 마디 더 해보세요."

"그만해! 짜증나!"

마지막에 억누르라고 말하는 인형을 향해 짜증난다고 하자 상담 수련생들의 웃음소리가 들렸다.

상담 실습을 마치고 집으로 돌아오는 길. 앞으로 짜증이 나면 나에게 이렇게 말하기로 다짐했다. '지금은 좀 쉴 때야'.

13.

내 모습과 마주하기

대학원에서 실시한 1차 심리검사 결과가 나왔다.

Lie. 거짓말.

다시 들여다봤다. 결과는 같았다. 거짓말을 했다니. 오래 생각하면 정확한 검사 결과가 나오지 않을 것 같아 질문을 보자마자 주저 없이 각 항목에 체크를 했다. 다른 생각을 할 틈도 없었다. 내 착각인가. 아닌데, 정말 그렇게 했는데. 오히려 심리검사 결과가 잘못된 건 아닐까.

거짓말.

검사 결과지는 차갑게 나를 비난하는 듯했다. '넌 그동안 거짓말을 했어'라고. 하얀 종이 위에 새겨진 검사 결과를 보면서 마음속으로 '거짓말'이란 목소리에 '그만해'라고 거듭 외쳤다.

심리상담을 받았을 때의 기억이 떠올랐다. 쉬고 싶다는 생각이 마음 구석에 박힌 채 짜증의 감정으로 튀어나온 건 내가 의도한 일이 아니었다. 나도 모르는 생각이 마음 한편에 조용히 자리 잡고 있었으니까. 그런 걸 가지고 나에게 거짓말이라고 한다면 어쩔 수 없지만, 의도적으로 심리검사를 거짓으로 답하지는 않았다. 정확한 내 마음 상태가 궁금했으니까. 그런데 왜 이렇게 가슴이 뛰지. 무언가를 들킨 기분.

"거짓말을 했다는 결과는……"

마침 교수님의 설명이 이어졌다.

"자신이 자신에게 솔직하지 못한 태도입니다."

네? 설명이 이상했다. 내가 나에게 솔직하지 못한 태도. 이건 또 무슨 말이지. 거짓말을 한 건 내가 나에게 거짓말을 했다는 거다. 대개 거짓말은 자신의 잘못을 감추거나 이득을 얻기 위해 하는 거지만, 내가 심리검사지에 거짓말을 해서 얻을 이득은 아무것도 없었다.

이래서 학기 초에 서약서를 썼나보다. 검사 결과를 부정하거나 받아들일 수 없을 거라는 예고와 같은 서약서. 자신이 모르는 자신의 성격이 드러날 때 화를 내거나 폭력을 행사하지 않겠다던 서약서. 남들은 다 알지만 나만 알지 못하는 나의 성격이 있다는 것, 그리고 그 성격이 밖으로 드러날 때 그 사람은 무척 힘들 수 있다고 말한 내용이 기억났다. 바로 이건가. 내가 모르는 나의 성격은 바로 거짓말이었나. 혼란스러웠다.

'난 검사를 받으면서 거짓말을 할 틈도 없었어'라고 속으로 말을 하며 약속한 시간에 맞춰 심리학 실험실로 향했다. 내가 거짓말을 한 건지 아니면 심리검사 결과가 나를 거짓말쟁이로 몰아붙인 건지 확인하고 싶은 마음이었다. 더 깊이 있는 검사를 받고 싶은 학생들에게 검사를 할 수 있는 기회가 한 번 더 주어졌다. 그 검사에 참여한 건 일종의 오기였다.

심리학 실험실은 대학원 건물 지하에 있었다. 한 학기 내내 같은 건물에서 수업을 받았지만 지하에 실험실이 있다는 사실을 처음 알았다. 실험실에 도착해 노크를 하고 문을 열었다. 대학원생이 웃으며 나를 반겼다.

"저 때문에 시간을 내주셔서 감사합니다."

거짓말.

순간 마음 저편에서 거짓말이라고 누군가 외치는 듯했다. 이런. 이제 검사 결과가 나를 따라다니는구나. 지난 심리검사가 잘못됐다는 걸 확인하고 싶었다. 하지만 '감사하다'란 말로 내 마음을 숨긴 채 괜찮은 사람으로 나를 포장했다.

맞은편 자리의 조교 앞엔 여러 카드가 쌓여 있었다. 그 카드는 물감을 흩뜨러뜨린 것처럼 형체가 분명하지 않았다. 간단히 인사를 나눈 뒤 내 앞에 그 카드 중 한 장이 놓였다.

"이 카드가 뭐로 보이세요?"

"그 카드는…… 원숭이 두 마리처럼 보여요."

"어떤 원숭이인가요?"

"음, 아빠 원숭이와 아이 원숭이 같아요."

웃었다. 그런 상상을 하니 기분이 좋았다.

"아 그렇군요. 그러면 이 원숭들은 지금 뭐하고 있는 것처럼 보이세요?"

"같이 장난을 치며 놀고 있는 것 같은데요."

조교는 내 말을 하나하나 받아 적었다. 그림은 모두 열 장 정도였다.

"이 그림은 어떻게 보이세요?"

"좀 더러운…… 곤충 같아요."

"좀 더 자세히 설명해주시겠어요?"

"아, 아니에요. 다시 자세히 보니 너구리 같군요. 너구리 카펫이요."

"어떤 카펫인 것 같아요?"

"이쪽이 얼굴이고 이쪽이 팔과 다리, 그리고 꼬리예요. 집안 거실을 따뜻하게 해주는 그런 카펫이요."

사진 하나의 설명이 끝나면 뒤에 있던 사진이 다시 내 앞에 놓였다.

"이 사진은 어떻게 보이나요?"

"검은색인데 아이 같아요."

"그렇게 보이시군요."

"또 어떻게 보이시나요?"

"이쪽은 날개로 보여요."

"그럼 이 그림은 뭘까요?"

"아마도, 뭐랄까 어린 악마 같은데요."

"아 그러세요?"

"잠깐만요. 다시 보니까 이 형체만 검고 나머지는 다 밝잖아요. 그러니까 이 형체는 천사인데 해를 바라보고 있는 거예요. 제가 이 천사의 뒷모습을 보고 있는 거죠."

"그러시군요."

카드를 보여주고 설명하고 그 설명을 받아 적는 일은 한 시간 동안 계속됐다.

한 달 만에 다시 실험실 문을 두드렸다. 처음 검사를 받으러 갈 때는 내가 진실했다는 걸 밝히겠다며 비장했지만, 오히려 결과를 들으러 갈 때는 홀가분했다. 설사 내가 어떤 가면을 쓴 채로 살았더라도, 그건 나만 그런 게 아니라고 했으니까. 모든 사람들은 자기가 보기 싫어하는 자신의 모습을 다 가지고 있다고 했으니까. 그냥 그렇게 생각하기로 했다. 그런 생각은 불안과 우울을 줄여준다. 나만 그런 게 아니라는 생각. 그럴 수도 있다는 생각.

한번은 '나 자신이 보기 싫어하는 모습을 굳이 봐야 하는 이유가 뭐냐'는 질문도 해봤다. 그 질문에 떠오른 인물이 바로 '돈키호테'였다. 자신이 용맹한 기사라고 믿었던 인물. 풍차를 보고 거인이라며 달려가고 양떼를 군대로 보고 공격하는 돈키호테는 그 순간 스스로가 무척 자랑스럽고 자신의 삶이 긴장과 흥미로 가득 찼다고 여겼겠지만, 돈키호테가 마주한 건 거인도 아니고 군대도 아니었다. 남들은 다 알지만 나만 모르는 나의 모습으로 살아간다는 건 그런 돈키호테의 삶과 비슷해 보였다. 어쩌면 돈키호테는 깡마르고 나이 든 자신의 모습을 정면으로 받아들이기가 힘들었을지도 모른다.

'내 모습과 마주하자'라고 다짐을 했다. 그래도 두려운 감정이 올라왔다. 사람은 완벽해서 아름다운 게 아니라 단점을 고치며 성장해나갈 때 아름다운 거라고 스스로를 다독였다.

"검사 결과가 나왔습니다."

먼저 긍정적인 이야기가 들려왔다. 내가 가진 성격의 장점

들. 불안했던 감정이 조금 누그러졌다.

"그런데……"

이제 시작인가보다.

"부정적인 감정을 받아들이지 않으세요."

"네?"

"부정적인 상황이 오면 부정적인 감정이 들 텐데 그걸 받아들이지 않으세요."

"좀 자세히 설명해주세요."

어두운 색의 뾰족뾰족한 깃털이 삐져나온 그림이 보였다. 너구리 카펫이라고 말했던, 아, 맨 처음엔 지저분한 곤충이라고 말했다가 너구리 카펫이라고 다시 말했던 그림이었다. 카펫이어서 따뜻한 느낌이라고 말했던 것도 기억이 났다.

"맨 처음 감정은 부정적이었는데, 생각을 바꾸셨잖아요."

곤충에서 너구리로 바뀌긴 했죠. 그게…… 왜요?

날개 달린 검은 아이 그림도 내 앞에 놓였다. 물론 그 그림도 그랬다. 처음엔 검은 어린 악마 같다고 말을 했다가, 태양을 바라보고 있으니 뒷모습이 어둡지만 앞모습은 천사일 거라고 말했던 그림.

맨 처음 카드 그림을 보고 생각을 바꿨다고 그러나. 그게 왜?

"부정적인 감정이 들면, 그 감정을 일단 떨어뜨려놓으세요.

그리고 다른 생각을 하시면서 그 다른 생각이 불러온 긍정적인 감정으로 채우세요."

이야기를 들어보니 누구나 대부분 부정적으로 묘사할 수밖에 없는 그림까지도 나는 밝고 아름답게 표현했다.

"그게 잘못된 건가요? 그건 긍정적인 태도가 아닌가요?"

"그런 모습은 어색해요."

"네?"

"진심이 아니니까요, 억지로 짜맞추신 거니까요. 다른 사람들에게 어색해 보일 거예요."

나만 모른 채?

그럴 것 같았다. 유독 그런 사람들이 있다. 항상 예쁘고 밝고 아름다운 말만 하는 사람들. '어쩜 넌 이렇게 예쁘니.' '넌 정말 잘할 거야.' '힘내, 다 잘될 거야.' 그런 사람들을 보면 그게 정말일까 하는 생각을 하게 된다. 뭐랄까, 뭔가 숨긴다는 생각. 진짜가 아니라는 생각. 아, 그래, 저건 거짓말일 수도 있겠다는 생각.

"그리고 부정적인 감정을 받아들이지 않으시면, 그 부정적인 감정은 선생님의 마음 밑에 가라앉아요. 떠나지를 않아요."

"그러면 어떻게 되나요?"

"그 감정은 선생님을 신경질적으로 만들 수도 있고요."

아, 그래서 아이에게 가끔 화를 냈었나? 큰 소리로?

"그리고요?"

"때로는 울적해질 수도 있어요."

"제가 우울증이라는 건가요?"

"우울증까지는 아니지만 가끔 울적해질 수 있다는 말이에요."

"그럼 전 어떻게 해야 하나요?"

"받아들이세요."

"받아들이라고요?"

"네, 자신의 부정적인 감정을요. 억지로 바꾸지 마세요. 부정적인 감정도 선생님의 감정이고 그 감정도 무척 소중하답니다. 부정적인 감정을 느끼지 못하면 긍정적인 감정도 잘 느끼지 못합니다."

밤의 어둠을 알지 못하는 사람은 새벽의 밝음을 알지 못하는 것처럼? 하긴 적도에 사는 사람들은 자신들이 느끼는 더위가 어느 정도인지 알 수 없을 테니까. 그런데 난 왜 그랬지. 난 왜 나의 부정적인 감정을 고스란히 받아들이지 못했을까.

집으로 돌아오는 길, 한편으론 후련했다. 무슨 거짓말을 하는지 확인을 했으니까. 어둡고 우울하고 슬프고 속상한 상황을 마주하더라도 그 장면을 온전히 받아들이지 못하고 밝고 예쁘게만 바라보려고 했지만, 적어도 불순한 의도를 가지고 거짓말을 한 건 아니니까 말이다. 그러면서도 씁쓸했다. 어색하다는 그 말이. 긍정적인 게 아니라고 했으니까. 어두운 장면을 경험하면 두려워하는 게 자연스럽고, 우울한 상황을 경험하면 울적한 게 자연스럽고, 슬프면 울고 속상하면 가슴이 아픈 게 자연의 이치일 텐데, 난 그런 자연스런 감정을 인위적으로 거슬렀다. 내가 나에게 한 거짓말. 그렇다면 남는 질문은 하나였다. 도대체, 왜?

14.
마음이 하는 말

"이 사람이 아빠야?"

민호가 컴퓨터 바탕화면을 보고 물었다.

"아니 그냥 인터넷에 있던 사진인데."

인터넷을 하다보면 가끔씩 마음에 와닿는 사진이나 그림을 만날 때가 있다. 하늘을 나는 고래, 밝은 달을 바라보는 고양이, 활짝 웃으며 달려가는 빨강머리 앤. 그러다 스치는 사진이 아니라 한동안 시선이 머물게 하는 사진이 있으면 저장해두었다가 컴퓨터 바탕화면에 띄워놓았다. 우연히 만난 사람이 바로 내가 찾던 사람이라고 깨닫는 것처럼, 우연히 마주한 그림이나 사진 중에서도 인연처럼 느껴지는 것들이 있다. 민호가 가리킨 것이 그런 사진이었다.

바탕화면엔 한 남자가 있었다. 알록달록한 무지개색 띠로 이어진 커다란 우산을 든 남자. 그 남자는 혼자서 하얀 눈밭 위를 걸어갔다. 그가 향하는 곳은 눈으로 가득 덮인 숲이었다. 하늘에선 눈이 내리는 그 추운 날씨에도 한 손은 우산을 받쳐 들고 다른 한 손은 바지 주머니 안에 넣고 있었다. 게다가 비오는 도시에서나 어울릴 듯한 트렌치코트를 입고 있었다. 한겨울 숲에서. 아이의 말을 듣고 바탕화면 속 남자의 사진을 한동안 바라봤다. 닮았나? 사진 속엔 그 남자뿐이었다. 예쁜 우산이며 잘 차려 입은 옷이며 구두까지 멋을 냈지만 그런 모습을 알아봐주는 사람은 사진 속에 아무도 없었다.

내가 모은 사진과 그림은 대부분 그랬다. 어떤 사진엔 한 남자가 큰 그림자를 늘어뜨린 채 도로 한복판에 서 있었고, 어떤 그림엔 한 남자가 달빛 아래 시골길을 걸어가고 있었다. 어두운 동굴을 막 빠져나가는 남자도 있었다. 눈밭 숲 속으로 들어가는 바탕화면의 남자는 뒷모습 때문에 표정을 알 수 없었다. 혼자 그리고 남자, 표정을 알 수 없는 사진들.

아이에겐 이 사진 속 남자와 아빠가 비슷하게 보였나보다. 그 남자의 얼굴은 웃고 있었을까. 아마 웃고 있었기를 바란 것인지도 모르겠다. 사진 속 남자를 바라볼 때마다 들었던 느낌은 평화로움도 아니고 한가로움도 아니었다. 그냥 혼자 걷고 있을 뿐이었다.

아내와 이별한 지 벌써 5년. 그러고 보니 참 많은 일들이 있었다. 갑작스런 사망의 이유를 밝히기 위해 병원과 분쟁을 했고, 이별에 대처하는 법을 몰라 아이와 함께 심리상담을 받았다. 방송기자 생활을 그만두고 개인사업자가 되었고, 그사이 나는 대학원에 입학하고 아이는 초등학교에 입학했다. 사람들은 나를 학부모라 부르기 시작했다. 잔주름이 늘어나는 동안 아이는 어느덧 목마를 태우기 힘들 만큼 자랐다. 손을 붙잡고 같이 유치원을 갔던 게 5년 전이었는데, 이제 아이는 레슬링을 하자면서 아빠에게 달려든다.

달라지지 않은 건 하루에도 몇 번씩 아내 모습이 떠오른다는 사실이었다. 아이는 아내를 무척 닮았다. 특히 외모가 그랬다. 아이의 눈을 바라볼 때마다 아내의 얼굴이 생각났다. 그렇게 아내는 아이의 얼굴 안에 그리고 몸 안에 남아 있었다. 세상에 태어나 아이를 남기고 떠난 사람. 아마 그 사람은 저 어린 생명을 남기기 위해 이 땅으로 내려온 건지도 모른다는 생각이 들었다. 그런데 그게 힘들었다. 아이가 아내를 꼭 닮은 게. 너무나 닮아 아내에 대한 기억은 쉽게 떠나지 않았다.

그렇다고 아이가 아내의 빈자리까지 채워주지는 못했다. 아이로부터 어른의 언어를 들을 수는 없었으니까. 아이에겐 아이의 언어가 있으니까. 아이가 학교생활이든 일상생활이든 잘 적응하기 위해서는 아이 스스로 일어설 때까지 기다려주어야 했다. 하지만 아이를 잘 기르기 위해 내가 어떻게 적응을 해야 하는지, 가까이서 알려주고 기다려주는 사람은 없었다. 가끔씩 아빠도 주저앉고 싶을 때가 있는데 말이다. 모든 걸 혼자서 책임져야만 했다. 아이에게 추억을 만들어주기 위해 아이가 좋아하는 장소를 찾아다녀야 했고, 아이가 엄마를 그리워할 때 그 그리움을 채워주기 위해 아이를 더 많이 안아주어야 했다. 하지만 내가 원하는 장소를 찾아다니거나 나의 그리움을 받아주는 사람은 없었다. 더 정확히 말하면 그리움을 느끼는 것만으로도 아내에게 미안했다. 아이를 돌보는 게 힘들 때마다 아내가 흘린 마지막 눈물을 떠올렸다. 어두운 곤충 그림자를 보고 따뜻한 너구리 카펫을 떠올리고, 검은 아이 그림자를 보고 밝은 아기 천사를 떠올린 것처럼, 아내의 마지막 순간을 떠올리면 힘겹다는 느낌조차 사치스럽게 느껴졌다. 아내가 그토록 보고 싶어하는 아이였으니까. 아내가 그토록 살고 싶어했던 하루였으니까.

어쩌면 TV에 출연하고, 책을 내고, 강연을 하고, 대학원에 들어갔던 나의 모습은 트렌치코트를 입고 무지개 우산을 쓰고서 눈 덮인 숲을 걸어가는 남자와 닮았다. 그 남자는 눈밭에서 굳이 그런 멋을 부릴 필요가 없었는데 남들을 의식했는지 아니면 스스로 꾸민 자신의 모습에 도취했는지 주변과 어울리지 않는 옷을 입고 있었다.

지난 5년간 참 많은 일을 계획하고 실천했다. '나 아무 일 없어요'라고 말하는 듯이. 힘겹고 외로운 모습을 그런 활동 속으로 감추면서 애써 괜찮은 척했던 건 아니었을까. 그렇게까지 할 필요도 없었을 텐데, 좀 쉬어가도 괜찮았을 텐데 말이다. 그러고 보면 오랫동안 나도 모르게 나와 가족과 사람들에게 거짓말을 해왔다. '전 괜찮아요'란 거짓말. 때로는 '민호가 있어서 충분히 행복해요'라는 거짓말. 내 삶은 즐거움과 행복함으로만 가득 차 있지는 않은데.

혼자서 아이를 돌보고, 돈을 벌고, 학교를 다니고, 음식을 하고, 청소를 하고, 설거지를 하는 일이 어떻게 괜찮고 행복하기만 할 수 있을까. 무척이나 힘들고 외로운 시간이기도 했다. 하지만 외로움과 힘겨움을 말하기엔 자존심이 상했다. 내가 선택한 결혼과 내가 선택한 퇴사의 길이 패배가 아니라는 걸 증명하고 싶었는지도 모르겠다. 또 아내가 없는 하루하루가 너무나 외롭고 힘겨워서 그 실상을 똑바로 바라보지 못한 채 외면했는지도 모를 일이다.

아이의 말이 맞는 것 같았다. 사진 속 그 사람은 아빠를 닮았다. 그렇게 인정하고 나니 '오죽했으면'이란 생각이 들었다. 그 말은 가슴이 아프면서도 한 사람을 끌어안도록 한다. 나는 그냥 나의 거짓말을 앞에서 그렇게 말하기로 했다. '오죽했으면'이라고.

누군가 '요즘 어떠세요?' 라고 물을 때마다 예전엔 '괜찮아요' '행복해요' 라고 했지만 앞으로는 나의 모든 감정을 숨김없이 드러내기로 했다.

아이를 키우는 건 행복하고 즐겁습니다.
그러면서 동시에 외롭고도 힘든 일입니다.
아내가 곁에 없는 건 그리움과 외로움을 느끼게 합니다.
지난 추억은 아름답지만 아프기도 합니다.
살림은 가족을 위해 의미 있는 일입니다.
가끔씩은 저를 위해 의미 있는 일을 하고 싶은 생각도 듭니다.
아이와 오랜 시간을 보낼 수 있어 좋으면서도
내 친구들과 동료들과도 가끔 시간을 보내고 싶습니다.

'말을 하고 나니 후련합니다' 라는 말도 덧붙여야겠다.

15.
있는 그대로

동생은 아버지의 울타리 밖으로 나오면서 많은 걸 잃었다. 더 이상 세상은 동생을 사장의 아들로 바라보지 않았다. 규칙적으로 돈을 벌 수도 없었다. 어느새 동생은 일용직 노동자가 되어 있었다. 일감마저도 하루하루 기다려야 할 처지로 바뀌었다. 이야기를 들어보니 공사 현장에 함께 나간 사람들은 대부분 힘에 겨워 중간에 일을 포기한다고 했다. 자신만이 끝까지 일을 해냈다면서 흐뭇해했다. 동생은 "세상을 배워가고 있어"라면서도, 먼지를 뒤집어쓰는 일이 가장 힘들다고 말했다. 스스로 부모라는 울타리 밖으로 뛰쳐나가자 기다리고 있던 건 모든 걸 스스로 선택하고 책임져야 할 현실이었다. 동생은 혼자서 살아가는 게 얼마큼 힘든지를 하나씩 배워나갔다.

설 연휴를 앞두고 아이와 동생을 데리고 집에서 가까운 온천에 가서 목욕을 했다. 같이 목욕을 한 게 언제인지 기억나지 않을 만큼 오랜만이었다. 집으로 돌아오는 길 함께 저녁식사를 했다. 설 연휴에도 동생은 가족과 시간을 보낼 수 없었다. 아버지와 동생 사이가 제자리로 오기까지, 얼마간의 시간이 필요해 보였다. 식사를 주문하고 기다리는 동안 근황을 자세히 물었다. 동생은 먼저 열심히 살아가는 이야기를 들려주었다. 이젠 열심히 살아갈 수밖에 없다는 말이었다. 스스로 울타리 밖으로 나왔으니까.

"힘은 드는데 내 삶을 사는 것 같아."

"무슨 말이야?"

자기 삶을 산다는 말이 무슨 의미인지 궁금했다.

"의지하지 않고 사는 것 같아."

예전에 자신의 삶이 자신의 삶 같지가 않다던 고백이 떠올랐다. 그동안 나이는 들었지만 계속 의존을 했었다고.

"언젠가 아버지도 돌아가실 텐데, 그러면 난 할 수 있는 게 없거든. 사람들은 내가 사장 아들이라고 힘든 일을 시키지 않았으니까. 지금은 먼지를 뒤집어쓰면서 일을 해. 인테리어 일을 밑바닥에서부터 배우고 싶었거든."

어머니가 최근 동생 집을 방문하고 깜짝 놀랐다는 말이 스쳐 지나갔다. 동생이 현장에서 배운 기술로 자기 집 안을 바꿨는데 전문가의 손길이 느껴졌다는 어머니의 말씀. 눈이 높은 어머니가 인정할 정도라면 꽤나 그럴싸할 것 같았다. 어느새 동생은 자신의 실력을 하나씩 쌓아가고 있었다.

"그래서 좋아?"

"응."

참 그 말은 역설이었다. 힘들지만 행복하다는 말. 하긴 힘든 게 없이 행복해질 수가 있을까. 심리학에서 행복은 안락함이 아니라 힘든 시간을 견디며 자신이 정한 목표를 이뤄냈을 때 느끼는 감정이라는 교수님의 말씀이 떠올랐다.

설 연휴에 아이와 단둘이 부모님 댁으로 향했다. 며느리도 없고 동생도 없는 명절. 빈자리가 더 커졌다. 공간이 주는 허전함에서 벗어나고 싶었다. 인근에 잠깐 나들이를 가기 위해 검색해보니 불과 20분 거리에 민속촌이 있었다. 가족들을 데리고 민속촌으로 향했다. 자동차에 온 가족이 다 탔다. 아버지와 어머니 그리고 나와 민호. 설 연휴에 가족이 모두 넷이라니.

민속촌으로 가는 길, 뒷좌석에 앉은 민호 목소리가 들려왔다.

"할아버지, 그런데 왜 삼촌하고 다퉜어?"

순간 정적이 흘렀다. 아이들은 예상하지 못한 순간에 예상하지 못한 질문을 느닷없이 던진다. 아무런 맥락도 없이. 때와 장소를 가리지 않고. 아이도 삼촌의 빈자리가 느껴졌나. 아버지도 당황스러웠는지 별말을 하지 못했다. 아이도 삼촌과 할아버지 사이가 안 좋다는 느낌은 고스란히 받았나보다. 아이들은 언어로 대화를 하는 게 아니라 느낌으로 대화를 하니까.

"민호야, 원래 아버지와 아들 사이는 대부분 좋지가 않아."

아이의 질문에 아버지 대신 내가 대답했다. 사실 그랬다. 아버지와 아들 사이가 좋지 않은 건 동서고금을 떠나 그랬다.

"아빠, 왜?"

오이디푸스 콤플렉스를 이해하기엔 민호가 너무 어렸다. 아들은 새로운 가정을 꾸리기 위해 독립을 해야 하는데 그 과정에서 아버지와 갈등은 불가피했다. 아들이 아니라 어른으로 거듭나는 시기, 그래서 사춘기는 갈등을 겪는 아이도 힘들고 달라진 아이를 만나야 하는 부모도 힘들다.

"민호도 나이가 들면 그럴 때가 올 거야."

"그럼 나이 안 먹을래."

그건 마음대로 되는 일이 아니란다. 나도 가끔은 네가 더 크지 않기를 바라거든.

"그건 자연의 이치인데."

뭔가를 더 설명을 해야만 할 것 같았다.

"정확히 말하면 사이가 안 좋은 게 아니라, 의견이 다른 거야. 서로 다른 사람이니까 말이야."

"그런데 왜 사이가 좋지 않아?"

"서로 원하는 게 다르니까. 민호가 얼마 전에 아빠 생일 선물로 조립식 건담을 사준다고 그랬지?"

그때는 정말 당황스러웠다. 내 생일날, 아이는 진심으로 자신의 저금통에 있는 돈을 꺼내 장난감을 사주겠다고 했다. 자신이 좋아하는 것만큼 아빠도 좋아할 거라면서.

"그때 아빠가 싫다고 했지. 난 건담이 좋은데."

"아빠는 건담이 싫거든."

"왜?"

"아빠랑 너랑은 다르니까. 아빠는 민호와 달리 수영을 하는 게 좋은 것처럼 말이야."

아이가 조금 이해가 간다는 반응을 보였다.

"어른이 되면 부모 곁을 떠나야 하는 거야."

"왜? 왜 아빠랑 같이 살면 안 되는데?"

자신은 어른이 되고 싶지 않다고 했다. 스스로를 '마마보이'가 아니라 '파파보이'라고 말하면서 아빠와 오랫동안 같이 살고 싶다고 말했다. 그건 사실 나도 마찬가지였다. 하지만 아이가 내 곁에 오래 있으면 아이는 시련을 견딜 기회도 잃어버리고 시련을 견디고 난 뒤 찾아오는 행복도 잃어버린다. 부모 곁을 떠나지 않는 어른 아이. 그 아이는 몸집은 크지만 작은 둥지에 비좁게 머물며 편안하다고 움츠린 두려움 많은 독수리와 다를 바 없었다. 부모와 아이든, 남편과 아내든, 언젠가 우리는 서로 이별을 해야만 했다. 이별이 문제가 아니라 어떻게 이별을 하느냐가 문제일 것 같았다.

아이와의 이별을 준비하기로 했다. 조금씩, 조금씩. 아이가 내 곁을 떠나는 날이 이제 곧 올 테니 말이다. 아이가 떠난 뒤의 내 삶을 준비해야만 했다. 동생이 아버지의 울타리를 떠나갔던 것처럼, 언젠가 아이도 내 울타리 밖으로 나갈 테니까. 다만 갑자기 뛰쳐나가지 말고 웃는 얼굴로 걸어나갔으면 좋겠다.

아버지는 동생이 아버지 곁을 떠난 뒤 매일 새벽에 성당을 찾았다. 동생은 모르게. 그리고 그곳에서 막내 아들을 위해 기도했다. 그런 것 같다. 아버지란 사람은. 아이가 내 품을 떠나가더라도, 혹여 내 마음에 들지 않는 선택을 하더라도 내 아버지가 그랬던 것처럼 떠나가는 아이의 뒷모습을 바라보며 나도 그렇게 기도하겠다고 다짐했다.

언젠가 내 삶도 끝난다고 생각하면 아이만 바라보고 있기에는 앞으로 나에게 주어진 시간이 길면서도 짧게 느껴졌다. 상담심리대학원을 가고 상담 수련을 계속 받는 건 아마 내 마음속 깊은 곳에서 아이와 내 삶이 언젠가 서로 다른 모습으로 흘러갈 수 밖에 없다는 생각 때문일지도 모른다.

아이가 떠나면 혼자 남을 수밖에 없다. 그렇게 혼자이기는 너무 외로울 것 같았다. 아빠인 나도 외로움을 타는 한 사람이니까. 아마 그즈음이면 내 곁에 아이 대신 다른 한 사람이 있었으면 좋겠다. 이런 생각을 할 때면 그리운 아내에게 미안했다. 그렇게 미안한 마음과 새로운 인연을 만나 다시 행복한 가정을 꾸리면 좋겠다는 희망이 내 마음이란 방에 같이 있었다. 수학 문제는 답이 하나지만 마음이란 방은 그렇게 논리적인 질서나 규칙이 지배하지는 않는다. 그 마음의 방 안에 갇혀 힘들어하지 않기 위해서는 '그래야만 한다'는 생각에서 벗어나야 했다. 미안함도 내 마음이고 그리움도 내 마음이고 새로운 만남에 대한 희망도 내 마음이니까. 그런 감정이 같이 있는 지금의 모습을 받아들이기로 했다. 다만 억지로 그리움을 밀어내거나 새로운 희망을 끌어당기고 싶지는 않았다.

16.

흐르는 강물처럼

아침 7시에 알람이 울렸다. 회사를 다닐 때는 힘들어도 이른 새벽에 잘 일어났었는데, 요즘은 7시에 일어나는 것도 만만치 않다. 고개를 돌려보니 아이 뒤통수가 보였다. 잠을 자는 아이 모습은 무척 예뻐 보인다. 아이가 예쁜 게 아니라 조용히 잠을 자고 있기 때문에 예쁜 걸까. 적어도 출근길에 고개를 떨구며 부족한 잠을 자는 직장인을 보는 것보다는 잠이 든 아이 뒤통수를 보는 게 훨씬 더 행복했다. 잘 커주어서 고맙다, 속삭이며 이불을 배 위까지 덮어주었다. 예나 지금이나 이불을 차고 자기는 마찬가지다.

일어나 몸을 움직였다. 남들은 이른 아침 일어나면 강아지를 끌고 집 앞을 산책하거나 수영장이라도 찾겠지만, 제일 먼저 내가 할 일은 따로 있었다. 싱크대에서 내 손길을 기다리는 그릇들. 잠이 다 깨기도 전에 밀린 설거지를 해야 했다. 아이가 내 곁을 떠나기까지 이른 아침 내가 해야 할 일은 설거지인 현실. 현실을 받아들인다는 건 생각보다 오랜 시간이 걸렸다. 현실을 인정하기 위해선 지금의 내 모습을 먼저 인정해야만 했다.

설거지를 하면서도 논문 생각이 났다. 이 글을 쓰기 시작할 때는 대학원 입학을 하기도 전이었는데 어느덧 이제 한 학기만 지나면 졸업이다. 요즘은 논문 주제를 잡는 게 골치다. 아마 글을 쓸 때 나타나는 심리 효과를 주제로 논문을 쓸 거 같다. 힘이 들 때마다 하얀 종이에 말을 걸었던 기억 때문인지 글쓰기가 지닌 치유의 힘을 증명하고 싶다는 마음이 들었다.

가끔 민호가 묻는다. '아빠는 공부하는 게 좋아?' 공부를 좋아한다기보다는 아이를 학교에 보내고 나서 특별히 혼자 할 만한 일이 없어 책을 읽고 글을 쓴다. 사직서를 낸 뒤 내가 가장 먼저 풀어야 했던 숙제는 민호가 학교에 간 뒤 혼자 있는 시간에 적응하는 일이었다. 기자일 때는 사건사고 현장을 찾아 다니며 사람들을 만나는 게 일이었는데, 가정으로 돌아와보니 주변에 내가 만날 수 있는 사람들은 없었다. 그게 힘들었다. 남자 혼자 아이를 키울 때는 같이 공감해주거나 이야기를 나눌 사람이 없다는 게. 옆집 엄마를 붙잡고 하소연할 수도 없는 노릇이었으니까. 그동안 내 친구들과의 관계를 잃었고, 잃은 만큼 아이와의 관계를 얻었다. 지인들이 퇴근할 즈음이면 민호는 벌써 집에 도착해 나를 불러댔다. 아빠, 배고파. 아빠, 나랑 놀자. 아빠. 아빠. 아빠.

육아가 남긴 의미? 직장까지 그만둔 선택에 후회가 없느냐고? 스스로에게 물어봤다. 매일매일 취재경쟁을 했던 20, 30대의 삶에서 벗어난 난 경쟁하는 마음을 내려놓는 연습을 하고 있는지도 모르겠다. 경쟁보다는 관계를 배우는 시기, 설득보다는 공감을 배워나가는 시간. 한때는 회사 상사들을 상대로 목에 핏대를 세우며 소리를 지르기도 했지만, 지금은 내 의견을 주장하는 것보다 아이를 통해 들어주고 공감하는 연습을 한다.

동생의 도움도 많이 받았다. 아버지 회사를 나온 뒤 마음은 편하다고 했던 동생은 대학원 수업이 있을 때마다 집에 들러 민호를 돌봐주었다. 시간이 지날수록 동생 얼굴은 점점 살이 빠졌고 근황을 물으면 가지고 있던 고민을 하나씩 풀어놓곤 했다. 그런 것 같다. 독립을 하기 위해선, 진정한 어른이 되기 위해선 어쩌면 자기만의 고민을 하나씩 풀어내는 시간을 견뎌내야만 한다. 동생에게 어려움이 있더라도 그 어려움 앞에서 주저앉지 말고, 혹여 주저앉더라도 결국은 일어서기를 바랐다. 내가 할 수 있는 건 동생의 선택을 존중하고 믿어주는 일이었다.

문득 전날 본 밥솥이 떠올랐다. 설거지를 하다 전기밥솥을 열었다. 이런. 남은 밥은 세 숟가락 정도의 적은 양이었다. 민호가 곧 깨어날 텐데. 쌀을 불릴 시간도 없네. 아직도 익숙하지 않은 집안일. 순간 서글픔이 몰려왔다. 한창 사회에 나가 일을 할 시기에 집 안에 머물러야 하는 내 모습을 보며 느낀 서글픔이었다. 너무 일찍 혼자가 되어버린 나. 그래도 잘해왔잖아, 최선을 다했잖아. 서글픈 감정을 인정을 하면 그런 나를 다독이는 마음이 생긴다.

아이가 깼다. 아이를 보는 순간 전날 내 어깨를 주무르던 모습이 떠올랐다.

"민호야, 어깨가 다 나은 것 같은데."

근육 뭉친 게 많이 풀어졌다고 말했다. 아이의 밝은 얼굴을 기대했지만, 아이는 눈도 제대로 뜨지 않은 채 '그렇구나'란 반응뿐이었다. 그래도 고마웠다. 건강검진에서 콜레스테롤 수치가 높게 나왔다는 말을 듣고 나서는 더욱 아빠 건강에 신경을 썼다. 민호는 할머니에게 콜레스테롤이 얼마큼 위험한 거냐고 물었다. 어머니는 안 그래도 아빠의 건강을 관리해줄 사람이 곁에 없다면서 콜레스테롤의 위험성을 구체적으로 설명해주었다. 민호는 그날부터 아빠 음식을 챙겼다. 먹지 않아야 할 음식은 라면, 튀김, 고기 등. 학교에서 돌아오자마자 아이는 물었다.

"아빠 점심에 고기 먹었어?"

남들이 보면 요즘 보기 드문 효자가 났다고 할 만도 했다.

"아빠는 오래 살아야 해. 오래오래 내 선물을 사줘야 하거든."

다행이다. 그게 아빠의 건강을 챙기는 이유라면. 아이는 건강에 예민한 편이었다. 특히 아빠 건강에 그랬다. 심지어 요즘은 집밥을 먹겠다며 외식을 삼갔다. 조미료는 몸에 안 좋다는 말을 듣고선 말이다. 겉으로 아빠가 오래 살아야 하는 이유가 자기 선물 때문이라고 했지만, 마음 한편에는 갑작스런 이별을 두려워하는 것인지도 모르겠다. 아이는 너무 어렸을 때 죽음을 배웠다. 갑자기 엄마가 떠났던 것처럼 아빠도 갑자기 떠날 수 있다는 불안이 있는 건 아닌지. 우리 부자는 그렇게 안타까움도 함께 끌어안고 같은 지붕 아래 살았다. 민호야, 너도 많이 힘들겠지.

어두운 감정을 받아들이면 아이에게 더 공감할 수 있었다. 내 부정적인 감정에 솔직해지니 아이에게도 나와 비슷한 슬픈 감정이 느껴졌다. 엄마 없이 지내야 하는 아이는 내가 아내가 없어 서글프고 힘들었던 것처럼, 아빠 모르게 많이 서글프고 힘들었을 것 같았다. 내 서글픔을 받아들여야 아이의 서글픔도 가늠할 수 있었다. 아이도 그 슬픔을 이겨내려고 노력하지 않았으면 좋겠다고 바랐다. 슬픔이 찾아오면 그 슬픔을 그대로 느껴야지만 지나가니까. 그러기 전에 아빠도 아빠여야 한다면서 내 감정을 억누르지 않기로 했다. 그냥 흐르는 감정을 그대로 받아들이고 만나고 떠나보내기로 했다.

돌아보면 아내와 헤어진 지 벌써 5년, 아이는 어느덧 열 살이 됐다. 그사이 난 많이 아프고 슬펐고, 그만큼 아이와 함께 있어 기쁘고 즐거웠다. 앞으로도 예상하지 못한 이별 때문에 많이 아프고 많이 슬플 테지만, 가까운 사람들과 함께하며 또 다른 기쁨과 즐거움도 느끼겠지. 고집스럽게 행복만을 좇지 않기로 했다. 행복도 숙제로 다가오면 부담스러우니까.

이제 특별한 계획이라는 건 없다. 그냥 오늘 내가 하고 싶은 일을 하다보면 그런 오늘이 모여 내일을 만들 테니. 부처님이 했던 말이던가. 내일을 알고 싶으면 오늘을 보라고. 하루하루 하고 싶은 걸 하다보면 내일은 오늘과 비슷하지만 조금은 다른 모습으로 있을 거란 상상을 한다. 다만 하나는 분명했다. 내일을 위해 오늘을 희생하지 않겠다는 것. 내 삶이 끝이 있다는 생각을 하면서, 그냥 오늘 이 순간을 사랑하기로 했다. 흐르는 강물처럼.

씨앗을 품은 흙

흙을 뚫고 나온 씨앗은
어린 나무로 커갔습니다.

스치는 바람,
흩날리는 꽃씨,
맑은 빗방울들,
흙 밖으로 나온 어린 나무는 모든 게 새로웠습니다.

씨앗을 오랫동안 품었던 흙은 슬펐습니다.
나무는 흙으로부터 점차 멀어지며 커갔습니다.

아름드리나무가 흙의 울음 섞인 목소리를 듣고 속삭였습니다.

"그건 너의 마음이야."

"무슨 소리야?"

"슬픈 건 너의 마음일 뿐이야."

흙은 잠이 든 어린 나무를 쳐다보았습니다. 어린 나무의 얼굴은 평온해 보였습니다.

흙은 아무런 말을 할 수가 없었습니다.

"공허해."

흙의 말을 들은 아름드리나무가 한참 떨어진 묘목을 나뭇가지로 가리켰습니다.

"저기 보이는 묘목은 내가 바로 옆에서 오랫동안 키운 나무였지."

흙은 묘목을 바라보며 어린 나무를 생각했습니다.

아름드리나무가 지난 이야기를 들려주었습니다. 자신의 커다란 나뭇잎 때문에 묘목이 마음껏 자랄 수 없었다고, 묘목을 옮겨 심는 날은 무척 슬펐다고 말했습니다.

이야기를 듣던 흙은 아름드리나무에게 물었습니다.

"어린 나무는 내 삶의 의미였어."

어느새 흙의 얼굴은 촉촉하게 젖어갔습니다.

아름드리나무는 아무 말도 할 수 없었습니다.

한참 지나 아름드리나무가 입을 열었습니다.

"힘들었지만 받아들였지."

"뭐를?"

"내 마음과 묘목의 마음이 다르다는 걸."

"……"

"그리고 나와 묘목이 다르다는 걸."

"이 공허함을 뭐로 채우지?"

흙이 묻자 아름드리나무가 웃으며 나풀거렸습니다.

"흙아, 네 안에 숨쉬는 여러 생명을 다시 느껴보렴."

흙은 자신을 다시 들여다보기 시작했습니다. 그제야 흙은 흙 속에서 잠을 자는 수많은 생명들을 느끼기 시작했습니다. 어린 나무를 바라보느라 미처 느끼지 못했던 흙 속의 여러 생명들.

흙은 아름드리나무를 다시 쳐다봤습니다. 낮에 목청을 높이던 매미는 나뭇가지에 붙어 깊은 잠에 빠져 있었습니다. 새 둥지

안엔 새끼와 함께 잠든 산새들도 보였습니다. 나뭇가지 주변엔 반딧불이가 반짝였습니다.